翼の帰る処《ところ》

THE HOME OF THE WINGS

番外編2

―ことば使いと笑わない小鬼―

YUFUKO SENOWO

妹尾ゆふ子

目次

ことば使いと笑わない小鬼 5
ヘルムデル先生の帽子 185
それからのこと 301
あとがき 316

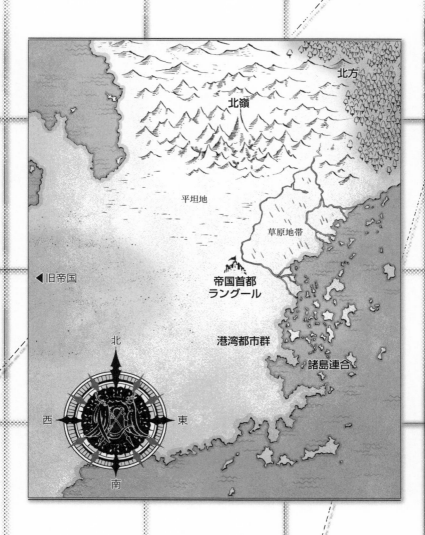

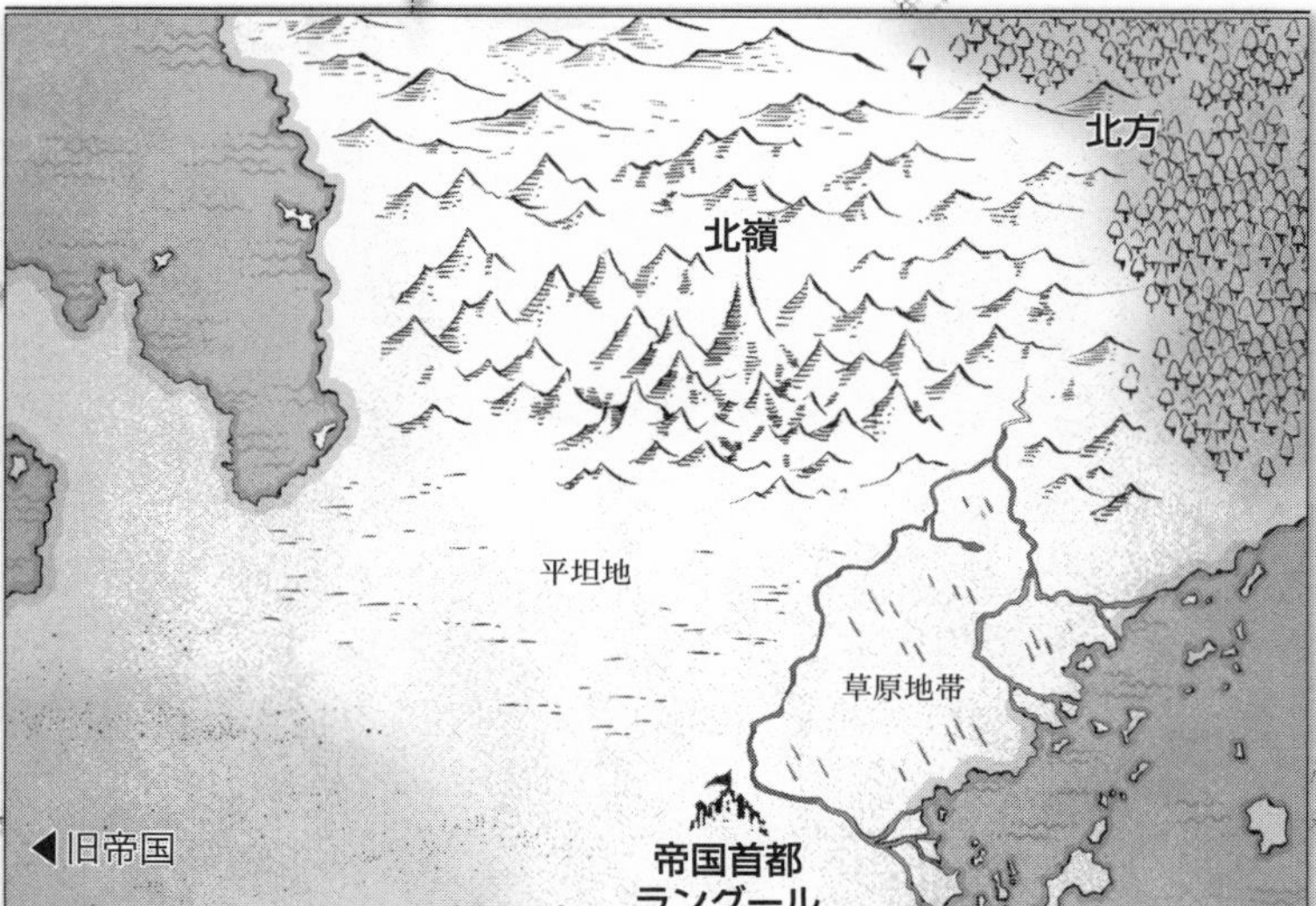

THE HOME OF THE WINGS

イラスト／ことき
デザイン／清水香苗(CoCo.Design)

ことば使いと笑わない小鬼

1

するどく息を吸う音で、目が覚めた。

おどろいたせいだ——だが、原因はなんだろう？

なかば眠りの中に留まりながら、ファルバーンは考える。なにを見たか、あるいは聞いたか。夢の中でか、それとも目覚めた世界でのことか？　曖昧《あいまい》な視界に、手がかりを探す。

——あれは、なんだ。

おぼろに見える文字文様の意味をとろうとして果たせず、読み解きかたを忘れてしまったのか、と危ぶんだ。しかし、輪郭を辿《たど》る内に気がついた。

違う。

彼が見ているものは、祈りの言葉でもなければ呪文でもない。そもそも、文字ですらない。沙漠の意匠に刺激を受けた職人の手になるものだろう、それは形を真似ただけの無意味な装飾だった。

紛い物が描かれた天井を、横たわったまま彼は眺め——自分の居場所を思いだした。

博沙《はくさ》だ。

帝国と沙漠の境界。その気になって探せば、古い世界がそこかしこに影を落としているのが見える。

そんな土地だ。

ゆっくりと起き上がり、ファルバーンは髪をかき上げた。

夢をみていたような気がする。

あまり心地のよい夢ではなかった。漠然とした不安に追い立てられるような、そんな感覚が残っている。疲れがとれた気がしない。このまま寝直したいくらいだ。

室内は、早朝らしい静寂に浸されている。うっすらとした明るさは、しかし、じきに兇暴《きょうぼう》なほどの昼の光に変わるだろう。

寝乱れた衣服を直し、髪を手櫛でととのえながら、武装を確かめる。といっても、大したものではない――少し反りのある短剣が一本きり。これより長い刃物も持ってはいたが、できれば預けてほしいといわれて渡したきりだ。

今のファルバーンは客人扱いだが、やや微妙な立場でもある。武装解除を徹底するほどではないにせよ、完全な自由を認めるまでは信用されていない、といったところか。

明示的に求められるものはないが、だから逆に気を張ってしまう。毎日だらだら過ごしているのだから、疲れているのは身体ではないだろう。心だ。

まぁ、そういったことはすべて、どうでもよかった。

――どうでもよい。

自分の本質は、それに尽きるように感じていた。

最近、とくにその傾向が強まった。なにごとにも興味を持てないのだ。人という形をたもったまま、中身がすべて流れ出してしまったような気分だ。

気づく者は、いないだろう。

自然にふるまうことはできる。これまでも、ずっとそうしてきたからだ。無駄に反感を買わぬよう、できれば好感もほどほどに。それで、無難にやり過ごせる。

だが、なにをやり過ごすというのか？

——人生を、だ。

部屋を出ると、兵士が待ち構えていた。

「おはようございます。大食堂にお連れしても？」

「はい。よろしくお願いします」

食堂は、兵士であふれていた。

第二皇子の軍は、ファルバーンが知るいかなる集団よりも規律正しく、実直に運営されている。

軍の任務は、国境の防衛——いくつもある小規模な塞《さい》を拠点にした、定期的な巡邏《じゅんら》が主体だ。それ以外は訓練、あるいは街や村の警邏、君命を帯びた尚書官の護衛、必要があれば出動しての軍事行動など。あれこれ仕事はあるが、とにかく頻繁に本部に戻る場面があり、兵士たちには休憩と食事が義務づけられているようだ。

食堂では、いつでも食事がとれるように料理が用意されている。兵士たちの勤務、交替時間がさまざまであるため、深夜でも鍋番がいて、あたたかい汁物を供してくれるほどだ。

といって、無制限に食べられるわけではない。

食事は、兵票を見せて交換する。兵票は金属の板に部隊名と番号を彫ったもので、これを持っていないと原則的に食事はできない。交換時に台帳で確認するため、食事の量や頻度について意見されたり、薬師が指示した薬湯を渡されたりといった、こまやかな管理もついて来る。

第二皇子直属の精鋭部隊をはじめ、多数の兵が都に行っている今はともかく、かれらが戻って来ても同じように運用されるのだろうと考えると、おそろしい。

食べさせて休ませ、訓練させて働かせる。後者はともかく、前者をここまでしっかり管理している軍が、ほかにあるだろうか？

客であるファルバーンは、兵票を持たない。兵士が食堂に案内してくれるのは、彼が客用の票を持っているからだ。

「客人のを、たのむ」

兵士が票を出すと、厨房の管理官が台帳を確認してしるしをつける——客の数も管理しているのだ。

朝食は、肉と野菜の煮込みと、羊の乳から作った謎の食べ物だ。

おそらく乾酪《かんらく》の一種なのだろうが、羊の種類が違うのか作りかたの問題か、ファルバーンが知るものとは別種の食べ物かと思うほど、似ていない。煮込みの中に入れて溶かして食べるのが当地風らしく、地元の兵はそうして食べている。ファルバーンも真似をしてみたことがあるが、ただでさえ癖のある匂いがさらに強まり、強烈に鼻に来たので、一回で懲りた。

——慣れてしまえば、なんということはないのだろうが。

ファルバーンは流れ者だ。沙漠のほとりのあちこちで暮らした経験がある。どこに行っても、それぞれに、食べて当然という風に出てくる料理や飲み物があり、勧められたものを断ると非礼にあたることも少なくなかった。おかげで、顔色を変えずにものを食べる芸は究めたつもりだ。だから、この乾酪はちょっと苦手だなと思っても、表情には出していない。

ファルバーンに食事を渡すと、兵士はそのまま姿を消すのが常態なのだが、今日は違った。

「お食事が終わりましたら、国相閣下よりお話がございますので、ご案内します」

国相とは、第二皇子の留守を預かる博沙国の責任者だ。

乾酪の味がどうとか、のんびり考えていられる場面ではない。見苦しくならない程度に急いで食事を済ませると、ファルバーンは兵士に連れられて、博沙相の執務室へ向かった。

「暫《しば》くぶりですが、元気でしたか」

博沙相は、第二皇子の傅《ふ》をつとめたという老貴族である。いかにも温和な雰囲気の人物だが、あの第二皇子を育てたのだから、実は切れ者なのだろう。

でなければ、第二皇子が我慢できるはずがない。

「おかげさまで」

「のんびりしてもらってかまわないのですが、それも落ち着かないでしょう」

否定も肯定もしづらかったため、ファルバーンは無言をつらぬいた。

博沙への滞在は、思いのほか長引いていた。

博沙相からは、いずれアルハンの調査をしてほしいといわれていた。穢《けが》れの現状確認のためだ。

だが、それはなかなか実現しなかった。都への長期に亘る出兵のせいで、余分な人手を割ける状態ではないのだ。

——その調査にしても、必要なのかどうか……。

ファルバーンの疑念を知ってか知らずか、博沙相は予想通りの用件を切り出した。

「そろそろ、アルハンの様子を見に行ってもらおうかと」

博沙相に呼ばれていると聞かされた段階で、覚悟はしていた。

だが、あの日——都から博沙に着いたあのときから、ファルバーンは穢れを感じていないのだ。

はじめは、それどころではなかった。

博沙に到着した直後、彼が伝えられたのは、彼の母であった女性が独房から姿を消した、ということだった。尚書卿とともに。それも、複数名の眼前で、である。

なにか知っていることはないかと詰問されたが、そもそも、彼女は彼の理解が及ばない存在だ。

彼も逆に、博沙の役人たちを問いつめた。消えたのは、彼のあるじと母親である。事情を聞きたいのは、こちらの方だ。

いささか空気が険悪になるところまで行ったが、有益な情報はなにもなかった。

ファルバーンは都での根回しを終え、晴れて正式に尚書卿に召し抱えてもらう予定だった。そのために博沙に来たのに、当の尚書卿がいないのでは、どうすればいいのか。

結局、ヤエトはなぜか北嶺で発見されることになった。

その北嶺では、叛乱が起きたという。幸い、すぐに鎮圧されたらしいが、それで皇女は王位を剝奪《はくだつ》されたとか。

尚書卿にせよ、その庇護《ひご》者たり得る皇女にせよ、ファルバーンを気にかけてくれていた主従どちらも、余計なものを抱えられる状況ではない。呼び寄せられる気配もなく、ファルバーンの身柄は完全に宙に浮いた状態となった。

——自分は、どうなるのだろう。

どうなってもいいなと投げやりに考えていたときに、ようやく気がついたのだ。穢れの気配が、完全に消失しているということに。

生まれてこのかた、つねに感じていた不快感が、綺麗になくなっていた。

快哉を叫ぶべきかどうか、ファルバーンには決めかねた。すっきりした反面、違和感も大きく、落ち着かない。容易には馴染めそうもなかった。

それに、沙漠の遺民である彼が、堂々とこの博沙に逗留《とうりゅう》できるのは、浄化の恩寵のおかげだ。水の浄化に必要なのだから、叛逆者扱いで処刑されては困る、という第二皇子の現実的な意見が通り、皇帝じきじきに特赦を受けることができたのだ。

皇女の口添えも大きかっただろう。真上皇帝は、ひとり娘にだけは甘いらしい。

だが、穢れが消えたなら、ファルバーンに価値はない。生かしておく意義すら、ないだろう。

冷静に考えれば、アルハンから穢れが消えたことは黙っておくべきなのだが、嘘《うそ》をつくと考えるのすら面倒だった。

むしろ、さっさとはっきりさせて楽になりたい、という気もちが強い。

「待っていた、という顔ですね」

にこりと笑ってから、博沙相は、ファルバーンの後ろに控える兵にうなずいて見せた。

空気が動き、背後で扉が開閉する音がした。察するところ、誰かが入室したようだ。勝手にふり向くわけにもいかないので、誰かはわからないが。

それにしても、とファルバーンは思う。

――救い主様は、いったい、なにをなさったのだろう。

一切の興味を失ったなどと思い込んでいたが、それについては知りたいという気もちがある。

あれほどしつこい穢れが消える、なにが起きたのか。本人に訊けば、教えてもらえるだろうか。

北嶺で発見されたヤエトはその後、ジェイサルドによって《黒狼公》《こくろうこう》領に運ばれたという。

どれほど、《黒狼公》領へ行こうと思ったことか。

ファルバーンは客人扱いだ。なりゆきで博沙に逗留しているだけで、出立《しゅったつ》するといえば拒否はされないはずだ――だが、交通手段がない。

街に出て馬を購《あがな》うことも考えたが、状況は厳しかった。多数の兵士が都に移動するにあたり、馬も大量に買い付けられたらしいのだ。値段は法外なほど高くなり、そもそも市に出回ることも稀《まれ》だった。とてもファルバーンが入手できる状況ではない。

隊商の護衛の口はないかと探してもみたが、博沙から《黒狼公》領へ向かう隊商の拠点は《黒狼公》領側にあり、護衛は往復で契約済みだからと断られてしまった。

移動しているあいだに事態が急変したらと思うと、徒歩で行く決心もつかない。そうして、ファルバーンの博沙への滞在は長引いて――今に至っているのだ。

無為に時を過ごすあいだに、なにもかも無駄なのではと感じるようになってしまった。尚書卿のもとへ行ったとしても、自分にできることがあるだろうか？

――なにもない。

それは、ここにいても同じことだった。博沙であれ、《黒狼公》領であれ、事情は変わらない。自分にできることなど、あるはずもない。

老貴族は、おだやかに話をつづけている。

「すっかり待たせてしまいましたね。実は、鳥を貸してくれるという話が降って湧きまして」

「鳥、ですか」

「ええ。あなたの方がよくご存じでしょう、北嶺の鳥ですよ」

しかし、とファルバーンは思った。

――皇帝が、そんな命令を？

北嶺は天領扱いになったと聞いた。つまり、鳥の派遣を命じたのは皇帝だ。

穢れが増大しているなら、調査は急務になるだろう。しかし、現状はその逆。ファルバーンほどの精度でなくとも、南方の呪師なら穢れを感じ得る。当然、穢れが薄くなった、ほぼ消えたという報告は、皇帝のもとにも上がっているだろう。

――なのに、急務でもない水源調査に鳥を手配する？

考え込むファルバーンを案じたのか、老貴族の口調は気遣わしげだ。

「急な話ですが、これから出立で大丈夫ですか？」

「はい」

「あまり調子がよさそうには見えませんね。沙漠に出るのですから、無理は禁物なのですが」

「いえ。問題ありません」

「伝達官殿は、どう思われますか？」

博沙相の問いかけは、ファルバーンの背後に向けられていた。なるほど、先ほど入室したのは伝達官だったようだ。

「問題がないことを祈りますよ」

ファルバーンにとって、帝国人の喋りかたは間延びしているというか、独特のねっとりとした調子で聞こえることが多い。だが、この伝達官の声は、さらりとしている。おそらく、第二皇子の薫陶あらたか、といったところだろう。

第二皇子の喋りかたは、流れるようというか、激流というか……足を突っ込んだら流されて滝壺へ一直線というか。

そういう益体もないことを考えていたせいか、気づくのが遅れた。

——なぜ、伝達官がここにいる？

疑念を読まれたわけでもないだろうが、博沙相の言葉がそれを説明してくれた。

「あなたは同行なさるのだから、倒れられでもしたら困るでしょう」

「まったくです。しかし、日延べするわけにもいかない」

どうやら、水源調査に同行するらしい。

——どういうことだ。

不敬ではあるが、博沙相も伝達官も気を悪くはするまいと踏んで、口を挟んだ。

「質問しても、よろしいでしょうか」

「どうぞ」

「なにかアルハンに異変でも？」

「そういうわけではありません。……正確にいえば、水源の様子は不明です。定期的な警邏はおこなっていますが、裏を返せば、それ以上の調査はしていないということですから」

では、なぜ伝達官が同行するのか——という質問を、ファルバーンは呑み込んだ。

貴人のすることに、疑義を呈してもしかたがない。うまく相手の考えを引き出す質問を思いつけないなら、諦めて、ただ従うことだ。

それで不都合などない。やるべきことをやらせてもらえるのだから、黙って従えばよいのだ。

「わかりました」

老人は、少し困ったように微笑んで告げた。

「では、行ってらっしゃい。無事を願っていますよ」

「ありがとうございます」

「伝達官殿、あとはよろしくお願いします」

「心得た」

ファルバーン、と伝達官が彼の名を呼んだ。これで、ようやくふり返ることができる。

第二皇子の伝達官は、すでに旅装をととのえているようだった。

「あなたの荷物は、庭に運ばせている。来なさい」

ほとんど身ひとつで来たも同然だったから、私物をすべて荷造りしても、大した量にはならないはずだ。短剣は持っているし、沙漠の夜を考えたら羽織るものが必要だが、それは荷物に含まれているのだろうか？

そうしたことを考えながら、大股に歩く伝達官に従って回廊を進んで行くと、いつの間にか戸外に出ていた。

――あまり、人とすれ違っていないな。

頻繁に使用するような演習場や、前庭ではないのだろう。

鳥の到着自体を隠すことはできないが、せめて誰を乗せて出て行くかは秘匿したいのかもしれない。

ファルバーンはともかく、伝達官の移動は重要な情報だ。政治的にも、軍事的にも。

「やあ、久しぶりだね」

伝達官が挨拶をしたのは、鳥の前に立っている青年だった。青い眼が、まず伝達官を、次にファルバーンを見た。

「お久しぶりです」

アルサールだ。

移動手段のないファルバーンと違って、アルサールは鳥に乗れる。ヤエトが姿を消したときには博沙にいたのだが、数日後にはレイランド公子を連れて北嶺へと戻ってしまった。

とくに挨拶もなく姿を消されたので、同乗をたのむ隙もなく――おそらく、それを避けるために黙って帰ったのだろうとファルバーンは思っている。鳥に乗るのは、ふたりでも多いのだ。レイランド公子も置き去りにしたかったに違いないが、外交問題に発展しかねないから堪えたのだろう。

だから今だって、アルサールの機嫌はよくないはずだ。鳥より人の方が多いのだから。

――北嶺人だしな。

ファルバーンは、アルサールをよく知っているわけではない。だが、北嶺人のことは多少知っている。やつらの大部分は鳥馬鹿だ。

「鳥は二羽だね？」

「はい。風向きがよかったので、あまり疲れていません。すぐ飛んでも、問題ないです」

「それはよかった。では、わたしが君と乗ろう。ファルバーン、君はそちらの鳥に乗ってくれ」

もう一羽の鳥の端綱を握っているのは、小柄な少年だった。

見間違いかと思って眼をしばたたき、いや見間違いでもなんでもないと確信したときには、変な声が出そうになった。

それをごまかすために咳払いをすると、ファルバーンは口の端を持ち上げ、笑顔をつくった。

「元気そうだな、チビ」

目深にかぶった頭巾の影から、あざやかな紫の眸《ひとみ》が睨みつけた。

「うるさい」

この眼が見えてしまった時点で、どんな扮装も意義を失うだろうが、近寄らなければわからない。

つまり、遠くから観察している者がいても、この少年の正体はわからないだろうということだ――

ファルバーンが対応をしくじらない限り。

「大声を出しているつもりはないが？」

「大きいのは声ではない、態度だ。誰がチビだ。馬鹿にするな」

「馬鹿にされたくなければ、口より手を動かせばいい」

皇女は、口を引き結んで作業に戻った。どうやら、届けられたファルバーンの荷物を鳥にくくりつけているようだ。その荷の中から、ファルバーンは毛布を引き抜いた。

「なにをする」

「寒くなるから、着る」

毛布を積むのではなく、着ておく。

ファルバーンにとって、鳥に乗るとは、そういうことだ。鳥と心を繋《つな》いだ乗り手は、なんらかの守護がはたらくらしく、多少の寒さなど感じないと聞く。だが、彼は違う。

当然、皇女も感じない側だ。同乗者の快適性については失念していたのだろう、はっとしたような顔をして、わずかに眼を伏せた。

「許せ」

「いいから急げ」

少しでも、皇女がこの場に留まる時間を短くすべきだ。

アルサールの方は、もう仕事を済ませたようで、いかにも先輩風に皇女の仕事ぶりを眺めている。手伝う気はないと見えた。

――そこまで急いでもいないのか。

人目を気にしているのも、ファルバーンだけなのかもしれない。

――いや、そんなことはないな。

皇女が、名もない鳥使いとして景色に溶け込もうとしていること自体、異常としかいえないではないか。それに理由があるとすれば、人目を気にしているからだ。

さりげない風でいて、実は誰も気を抜いていない。

「馬で行くと大変ですが、鳥ならすぐに着くでしょう」

いかにも気楽な感じで伝達官が声をかけてきたので、ファルバーンは皇女から視線を引き剝《は》がした。

にこりと笑って手招きされ、なにかと思ってそちらへ行くと、肩にかけていた毛布を襟元でかき合わせ、どこからともなく取り出した見事な細工の金具で留めてくれた。これは助かる。

「かたじけなく存じます」

「いいえ。短くとも、快適な旅になるように」

伝達官の笑顔は、誰かを連想させる——ああ、とファルバーンは思った。

——華の騎士。

あそこまで華麗ではないが、通じるものがある。いかにも上流を感じさせるゆとり、とでもいうべきものだ。

せかせかすることこの上ない主君に仕えているのに不思議なような、いや、あの主君だからこそこうなるような……と考えながら、ファルバーンは眼を伏せ、言葉を返した。

「伝達官様も」

「ありがとう。ああ、支度ができたようですね」

行きましょうか、と伝達官はアルサールの方へ行った。

——なぜ、この組み合わせなのだろう。

伝達官と皇女の方が、自然なのではないか?

近寄ると、鳥が彼を見て嘴《くちばし》を鳴らした。鳥の考えることは、わからない。鳥も、ファルバーンが考えることはわからない。理解しあえない同士だ。

あまり歓迎されていないことは、わかる。鳥は、心を繋ぐことができない相手を乗せるのは好まないと聞いているし、どう見ても表情が険悪だ。

ファルバーンは鳥のことも詳しくない。だが、雰囲気を察する能力だけは高いのだ。

皇女が鳥の嘴を押さえた。

「早く乗れ」

鳥はファルバーンを乗せたくない。ファルバーンも、べつに鳥に乗りたいわけではない。お互い不幸だと考えながら、ファルバーンは鳥にまたがった。すぐに、彼の前に皇女が潜り込む。

——危険な体勢だよな。

よく皇帝がこんなことを許したな、と思う。次いで、気がついた。

——いや、許されていないのでは?

つまり、皇女と同乗することを皇帝に知られたら、命がないのでは?

「飛ぶぞ」

皇女が宣言したので、ファルバーンはあわてて装具を摑《つか》む手に力をこめた。ここで、うっかり皇女に抱きついたりはできない。後々の展開が、おそろしいではないか。

不幸な未来について想像しているあいだに、鳥は地を蹴り、翼に風を孕《はら》んで舞い上がった。

奇跡だな、と思う。

こんな巨体が悠々と空を舞うのもおかしいし、いかに鳥の身体が見た目にそぐわぬ軽さだといっても、人をふたりも乗せているのだから相応に重くなっているはずなのに、それでも――鳥は飛ぶ。

なにかの間違いなのではないか、とファルバーンは思う。世界の摂理にさからっている。

だから、鳥は奇跡だ。

「いくつか、伺いたいことが――」

「なぜここにいるかという話なら、兄上のご配慮だ」

――ほら、やっぱり。

皇帝の指示ではないようだ。かるい絶望とともに、ファルバーンは質問をつづけた。

「休暇をとるように、とでも？」

まさか、と皇女は鼻で笑った。

「兄上が休暇など、お考えになろうはずもない」

「そうでしょうか」

「そうだろう？」

疑義を呈したところ、同意を求められてしまった。

——自分自身が休みをとるかはともかく、周囲には気配りをするのでは？

しかし、そこを掘り下げてもしかたがない。ファルバーンは話の流れを仕切り直した。

「では、どういったご事情で」

「兄弟喧嘩に巻き込むまい、というご配慮だ」

「なるほど」

皇女は笑った。

「簡単に納得するのだな。わかっているのか？」

「内乱の危険があるということでしょうか」

「その流れが濃厚とご覧になったのだろうな、兄上は」

これは、どう返すべきかが難しい。

大変ですねとか、ご心配でしょうとか。思いついた言葉は、どれも白々しい。実際、ファルバーンはべつに皇女の心境を案じているわけでもなかった。強いて感想をいうなら、そうですか、である。

——このお姫様は、敏感だからなぁ。

あまり適当なことをいうと、ごまかしたと指摘されてしまうだろう。しかも、ごまかしたいならどうぞと大目に見てくれることもなさそうだ。

ひとことでいって、面倒くさい。

「どうした？」

無言が長かったせいか、あやしまれてしまった。さっそく、面倒なことになりつつある。

「いえ……兄上は、と仰せになったので、姫様は違うお考えをお持ちなのかと」

これも適当な反応なのだが、皇女本人を話の焦点にすることで、ごまかせると踏んだ。

狙いは当たったようだ。今度は、皇女が黙りこくる番だった。

会話がなくてもファルバーンはなにも困らない。むしろ助かる。

そもそも、敬語が面倒なのだ。

ヤエトに近侍していたおかげで、高貴な身分の人々を相手にするための語彙《ごい》は、おどろくほど増えた。さまざまな言葉があるものだなと感心したが、とにかく疲れる。

ファルバーン自身の宮廷生活は、王族としてのふるまいが身につくよりずっと早く終焉《しゅうえん》を告げ、以後は社会の下層を渡り歩くか、荒野で過ごしていたのだ。それなりの挙措や敬語表現など、見よう見まねで近年身につけたに過ぎない。いつ間違ってもおかしくはなかった。

ファルバーンが言葉選びを間違っても、皇女は無礼だとはいわないだろう。だが、間違ったぞとは指摘するはずだ。そういうところが、もう、心の底から面倒くさい。

ふと、ファルバーンは妙案を思いついた。

「お忍びでいらっしゃるわけですね？　つまり、尚書卿の部下で、鳥の扱いを買われてこちらに派遣された少年である、といった想定で？」

「そうだな。正確には、所属は我が騎士団であって、《黒狼公》家や尚書卿個人に仕えているわけではない。鳥の使役には長けているが、戦闘に出すには心もとない弱卒といったところか」

皇女の声音は自嘲気味だったが、ファルバーンはそこは無視した。拾うと面倒くさくなるのが目に見えていたからだ。

「では、そのように扱いますので、ご了承ください」

「……は？」

「チビ、とお呼びします」

「……なぜだ！」

「敵の目をごまかしやすいからです。今さら偽名もないでしょうし、以前も使って慣れています。呼びかけたとき、すぐに反応できないと困りますからね。その点、チビであれば、問題ありません」

ついさっきもチビと呼んだばかりだ。皇女もそこに思い至ったのだろう、唸るように答えた。

「そうであったな」

「急に態度を変えるのも不自然でしょう。アルハンはおおむね無人でしょうが、あまり気を抜くのもよくないのでは？」

「しかし、その呼びかたは――」

押し問答になるのは避けたかったので、ファルバーンは最強の一手を打つことにした。

「こうしてご一緒していると、あのときのことを思いだしますね。なつかしい……。尚書卿がいらっしゃらないのが、残念です」

皇女は暫《しば》し無言だったが、やがて答えた。

「わかった。そのようにせよ」

――あーこれは機嫌が悪いな。

ファルバーンは少し考えた。機嫌が悪い皇女は、面倒くさいかどうか？

そこはどうでもよさそうである。むしろ、機嫌が悪いと不必要にかかわって来ることがなさそうに思えるから、歓迎すべき反応ではないだろうか。しかも、チビ呼ばわりを避けるという意味でも、皇女はファルバーンに声をかけたくなくなるだろう。

これは期待できる。

大いに気を良くしたファルバーンは、冷たい風と刺すような日差しを愉《たの》しんだ。

――空は、心地よいな。

鳥に乗るまで、こんなにも自由を感じることがあるなど、思いもよらなかった。

すべてのしがらみから――ひょっとすると運命からさえも、解きはなたれた気分になれる場所。それが、空だ。

いずれは地上に降りざるを得ず、この自由が永遠につづくわけはないのだが、だからこそ貴重な体験でもある。

今はただ、それを満喫したかった。

2

アルハンの廃墟は、以前に訪れたときよりもさらに寂寥《せきりょう》感を増しているようだった。

――この国が滅びて、もう何年になるのだろう。

ふとそう思い、次いで、何年だろうとどうでもよいではないかと考えた。

ファルバーンは、年を数えるのに熱心な方ではない。自分の年齢さえ、実ははっきりしないのだ。二十歳に見えるなら二十歳で、三十過ぎに見えるならそれでもよい。未成年だと思われると不自由があるので、それだけは避けたかったが、最近はそんな思い違いをされることもなくなった。さて、その最近というのが何年くらいなのかと思い返してみても、それもわからない。

こだわらないのが、ファルバーンの身上だ――こだわっていたら、こうして生き延びてはいなかったかもしれない。少なくとも、帝国の姫君と鳥に同乗することなどなかっただろう。

「ほんとうに無人のようですね」

「そうだな。なにも感じない」

まず伝達官が、次に皇女がつぶやいた。

竜種と伝達官には、心を繋げる能力がある。それはもちろん、恩寵の力を持つ者同士のあいだでもっともよく効果を上げるが、恩寵の力を持たない者にも多少は作用する。要は、人が潜んでいれば感じ取ることも可能らしいのだ。

ただし、その感知能力は、つねに完璧であるとは限らない。なにごとにも絶対がないように。

「上空からも、とくに変わった点はないようでしたが……念のために、見回って参ります」

アルサールの申し出にうなずきかけた皇女だったが。

「待て」

「どうなさいました？」

伝達官が尋ねたのにも、待て待て、と手をふった。

「わたしは、名もない弱卒だ」

「……？」

伝達官とアルサールは、なにが起きているのだという顔をした。皇女は至って真面目である。

ただひとり、ファルバーンだけは笑いたくなったが、もちろん堪えた。

「誰が見ているとも限らぬであろう。今は無人でも、不意に人が来たらどうする。よいか、わたしは名もない弱卒だ。そのように扱え」

名もない弱卒という表現が気に入ったようだ。

「しかし、姫様」

「弱卒だ」

「いや……その、弱卒殿とお呼びするわけにも」

——口を挟むなら、今だな。

すさかず、ファルバーンは提案した。

「チビ、とでも呼べばよいでしょう。先年、博沙を訪問した折りにも、そのようにしました」

皇女は無言だ。

まず、現実と折り合いをつけたのは、アルサールだった。

「なんにせよ、見回って参ります。わたしが行くのは、不自然ではないでしょうし。では失礼」

返事を聞くより早く、彼はひらりと鳥にまたがり、走り去っていた。

地上でも、鳥の機動力は大したものらしい。そもそも、数年前までは飛べなかったとか。

ファルバーンは鳥が飛ばない時代を知らないので、ああやって走って行かれるところを見るまでは、鳥が走りも得意なことを忘れている。飛ぶのはもちろん魔法のようだが、馬にも劣らぬ速さで駆け去るのもまた、なんだか現実離れしていると思う。

——昔語りの中から出てきたようだ。

北嶺の巨鳥は、そんな感じがする。

いや、鳥に限らない。心を繋ぐわざをそなえた竜種にせよ、伝達官にせよ。すべて、物語の世界にのみ存在しそうではないか。

——あるいは、この世は覚めない夢のようなものなのかもしれない。

ふとそう思って、ファルバーンは口の端に笑みが浮かぶのを覚えた。なぜ笑うのかも、よくわからない。ただ、漠然としたおかしみを感じただけだ。

彼はその笑みを拭《ぬぐ》うと、伝達官に尋ねた。

「暫くは、ここに滞在を？」

けっこうな量の荷物を、かれらは運んで来ていた。鳥たちも、ご苦労なことだ。比較的短距離だから可能だったのかもしれないが、それにしても凄い力だと思う。

「そうですね。我が主君が納得するまでは」

——何日滞在することになるかは不明、ということか。

第二皇子の存念を無視してもかまわないが、ファルバーンには鳥をあやつることができない。徒歩で沙漠を渡る準備も技術もない。つまり、ひとりで逃げ出せば死ぬということだ。

——しかし、鳥といえば、日限があるのではなかったかな。

たしか、七日で北嶺に戻らねばならないはずだ。第二皇子の目算では、その程度で決着がつくことなのだろうか。

「では、眠る場所をととのえて来ましょう。いつもの番所ですか？」

ファルバーンは、過去に何回も、アルハンで浄化の作業をしたことがある。定期的に博沙の兵が見回っていたので、それに同行した形だ。今はそういった巡回も、かなり頻度が落ちているらしいが。

「いえ、今回はちょっと珍しい場所に参りましょうか」

伝達官の口ぶりは、やはりどこか華の騎士を連想させる。

「お心づもりが？」

「ええ。事前に準備も済ませてあります」

察するに、糧食なども運び込んであるのだろう。

ずいぶん手回しがよいなと思い、次いで、そういうことかと気がついた。

——前々からの計画か。

第二皇子のやることは、すべてが迅速だ。だからといって無謀でもない。おそらく、今回の皇女の避難も、周到な計画のもとにおこなわれているのだろう。

不意に来たと感じるのは、ファルバーンが情報を与えられていなかったからだ。彼は知る必要がない。むしろ知らない方が望ましい。自然にふるまえるし、情報が漏れる心配もない。

アルハンの調査という名目にふさわしい存在として、同行させられただけだ。

「なるほど」

ふん、と皇女の鼻息が聞こえたのでふり返ると、かなりの量の荷物を担ごうとしている。

「無理するな」

「無理などしておらぬわ！」

歩きはじめた皇女に、ファルバーンは尋ねた。

「運ぶ場所は、わかっているのか？」

「……」

わかっていなかったようだ。苦笑しながら伝達官が前に出た。

「そうですね、ここで立って話していてもしかたがない。ご案内しましょう」

二羽の鳥の内、一羽はアルサールが乗って行ったが、もう一羽はこの場に待機している。皇女がいつも乗っている鳥なのか、そうでないのか――そこまでは、ファルバーンには見分けがつかない。正直いって、鳥はどれも同じに見える。

「鳥がいるなら、荷物もそのまま運んでもらえばどうだ」

「ふたりずつ乗せて、鳥たちも疲れているはずだ」

それはそうだろうと思いつつ、ファルバーンは皇女の頭を摑んだ。ちょうどいい感じの高さなのだ。

「なっ、なにを――！」

「手伝うから、少し寄越せ」

「よせ、さわるな！　これしきの荷物、なにほどのものでもないわ」

「重さがなんとかなっても、嵩張《かさば》るから持ちづらいだろう、チ――」

「わたしにも少し持たせてください」

やや強引に、しかし笑顔で伝達官が割って入った。

「嫌だ」

「お願いします。ほかの者に荷物を負わせて手ぶらで歩くなど、恥ずかしいことです」

――やっぱりこいつ、華の騎士の同類だろ……。

ちょっとついて行けないと思ったのはファルバーンだけで、皇女はたじろぐこともなく答えた。

「では、鳥の背に残っている荷物を持ってやるとよい」

――ぶれない。

うっかり感心してしまった。

しかし、皇女は疲れていないのだろうか。

ファルバーンとて、それなりに疲れた。皇女に不用意にふれないようにしつつ鳥に乗りつづける、という面倒な芸当をこなしたのだから当然だが、皇女はおそらく、都からぶっ通しで飛んで来たのだ。疲れていないはずがない。

強がりたいなら好きにしてくれてよい。だが、ファルバーン自身がさっさと休みたいのだ。

このままでは無駄に時間を食うばかりだ。伝達官はなぜ、華の騎士っぽくふわふわきらきらしているのだろう。第二皇子っぽさを出してくれれば、今頃は、準備万端ととのっているらしい宿泊場所で休んでいてもおかしくないのに。

――いや、第二皇子なら、荷物を置いたら次の行動に移れ、だな。

考えるだけで疲れる。

とりあえず、ここにいるのは第二皇子ではなく彼の伝達官であり、意地っ張りの皇女であり、そしてファルバーン自身――この三人で、さっさとものごとを進めたいという欲求がもっとも高いのは、どうやら自分のようだ。

「場所をご存じの伝達官殿には、先に立っていただかないと。荷物はわたしが持ちましょう。チビには鳥を引いてもらえばいい」

そら寄越せ、とファルバーンは手を出したが、皇女は荷物を渡そうとしない。

皇女の心に響きそうな諭しかたを捻り出さねば、と考えたとたんに思いついた。

「心が通じる相手が引いてくれる方が、鳥も幸せなんじゃないのか」

「……わかった」

わかってくれたようだ。

皇女が抱えていた荷物は、重さもさることながら、ひどく嵩張るのが厄介だった。ファルバーンでも持ちづらいのだから、小柄な皇女には、もっと負担だっただろう。鳥にくくりつけたままにしておくのが最良なのに。

——事前に準備をしているなら、こんなに荷物を持たなくても。

いや、あまり荷物が少ないと、それはそれであやしまれるからだろうな、というところまで考えた。そこで、面倒くささになにもかも放り投げたくなった。

水質の調査は自分の任だろう。それは、しかたがない。

だが、皇女のお守《も》りはどうなのだ？

もちろん、皇女の身になにかあれば、ヤエトにも不利益が生じるだろうということは、わかる。

わかるのだが——。

ファルバーンは頭をふった。しかたがないといえば、それこそ、考えてもしかたがないことだ。ひとまず、なるようになると思っておこう。

先を行く伝達官は大股に進んでいるが、たまに立ち止まって、道を確認しているようだ。その小休止で、ファルバーンと皇女が追いつく。そしてまた伝達官が歩きはじめると、少し離される。

それをどれくらいくり返しただろうか、ついに伝達官が宣言した。

「ここです」

一瞬、息が詰まった。

なにもかもが、遠ざかっていくように感じられた。存在感が希薄になって、そう、まるで夢であるかのように——伝達官も、皇女も、ファルバーン自身さえ幻に過ぎず、廃墟だけが厳粛な事実としてその場にあるのだ、とでもいうように。

「正確には、この先ですけれどね。地下に、潜ります。我々を探す者がいたとしても、容易には発見できないでしょう」

伝達官の言葉は、ファルバーンの意識の上をすべっていくばかりだ。

彼は、あの夜に戻っていた。

預言者が待っていて。ヤエトと、ジェイサルドと……第二皇子や皇妹もいて、真っ暗な中に入って行った。

昼と夜という差があっても、見間違うはずがない。これは、地下迷宮への入口だ。真源に——アルハンの最後の王が姿を消したと伝えられる、特別な場所に通じているのだ。

「なんだか面白そうだが、鳥も入れるのか？」

皇女の前向き過ぎる反応で、ファルバーンは我に返った。なにが面白そうなのか。ただの地下だ。

だが、伝達官は自信たっぷりにうなずいた。

「もちろんです。いろいろと修復をほどこして、快適な場所になっていますよ」

「鳥は、あまり気乗りしなさそうだが」

それはそうだろう、とファルバーンは思った。地下に入りたがる鳥などいない。と思う。この世のどこかにはいるのかもしれないが、この大きな鳥たちは、どちらかといえば空が好きなはずだ。

「この中が面白いことは保証します」

皇女は難しい顔をした。

「鳥にとっても、面白いのか？」

「それはわかりかねますが、説得してください」

いきなり無茶なことをいうと、伝達官はファルバーンに視線を移した。

「貴殿も、説得する必要がありますか？」

「なぜ番所では駄目なのかを、教えていただいても？」

すると、伝達官が浮かべていた胡散臭いほど爽やかな笑みが、わずかに曇った。

「……あれは、捕縛していたはずの者が攫《さら》われたりした場所ですので。隠密性を必要としないなら、あそこでもよかったのですが」

――捕縛していたはずの者、か。

番所は、かつては彼の母が暮らしていた建物でもある。魔物を身籠ったり、失踪したり。いささか因縁のある夫婦が世話役として潜り込み、見張りの兵が殺されたりもした場所だ。

なるほど、巡回の兵士が使うならともかく、皇女の滞在に向いているとはいえない。

この廃都で比較的損傷が少なく、まともに住める建物は、番所くらいのものだ。ほかを探すのが困難なのは、わかる。わかるが――。

――だからといって、あの地下道に手を入れるのもな。

まともな神経ではない気がするが、どうせ命じたのは第二皇子だ。あの皇子に、まともな神経などというものを期待してもしかたがない。彼の神経がそなえているのは、異様な伝達速度である。

「わかりました。アルサールは、場所を知っているのですか？」

伝達官は、うなずいた。

「大丈夫ですよ。鳥が中に入ってくつろげる大きさかどうかは、アルサールに協力してもらって確認したので」

くつろげるそうだぞ、と皇女が鳥の嘴の付け根を撫でながらささやいた。どうやら、全力で説得しているらしい。

「わたしが先に入って、異常がないかを確認しましょう」

嫌なことは、さっさと終わらせるに限る。

しかし、ファルバーンの申し出を、伝達官は微笑んでしりぞけた。

「いえ、わたしが先に。ちょっと仕掛けを動かす必要があるのです。おふたりは、鳥を説得でき次第、いらしてください。灯《あか》りをつけますので、明るい方に来てくだされば。道も複雑ではありませんから」

では、と伝達官は先んじて通路に入って行った。

「早くしろ、チビ」

声をかけると、皇女はこちらを見もせずに答えた。

「もう行ける」

それなら、とファルバーンは入口の前に立った。

——あのときは、夜だった。

そう、夜だった。

神気にあてられて尋常な状態ではなく。朦朧《もうろう》としているのに、自分では異様なほど直感が冴え渡っていると感じていた。建物や地面、いや空気そのものが話しかけてくるように騒がしく、猥雑《わいざつ》で。そして同時に、すべてが真理に沿って美しく存在している気がした。

許されていた。なにもかも。

「行かないのか」

気がつくと、皇女が彼を見上げていた。

不思議そうに——それから、少し苛立《いらだ》った表情になって。

「わたしは怖くないぞ」

「……怖い？」

「怖くないといっている！　暗くても怖くはないからな」

語るに落ちたとは、このことだ。

ファルバーンは少し笑って、一歩、避けた。

「そうか。では先に行くといい。後ろは見張ってやる」

皇女は地下へと通じる通路を覗き、そしてファルバーンをふり返った。にやりと笑う。

「怖いのか？」

胸を、正面から叩かれたような気分だった。

不意に息苦しくなり、視界が狭くなる。そうだ、と思った。

「怖い」

肯定しても、なにも楽にはならなかった。ただ、そうだろうとも、と闇が深まっただけだった。

おい、と皇女の声がした。大丈夫か。

大丈夫だと答える自分の声も聞こえた。

なんだこれは、とファルバーンは思った。なんだこの、すべてが他人事になるような感覚は。

——いや、もとからそうだったではないか。

すべてが夢のようだった。現実感がない。そもそも、なにが現実なのか。夢なのか。

「ファルバーン」

名を呼ばれて、はっとした。

皇女だった。

ついでに鳥も、あの琥珀色の眼で彼を凝視している。なんだおまえ大丈夫か、という視線である。

大丈夫じゃないなら食っていいか、とでもつづきそうだが、偏見だろうか。

「ファルバーン、大丈夫か」

再度、呼ばれた。頭の中で、反響する。彼の名が居場所を求めて転がってでもいるかのようだ。

――これも、竜種の力なのか？

ファルバーンは、頭をふった。気のせいだ。ぼうっとしていたところに急に呼びかけられたから、そんな風に感じるだけだ。

「大丈夫だ。行こう」

「無理はするな。わたしがいえば、ほかの場所に変更することも――」

「大丈夫だ」

「大丈夫という顔ではない」

なにが怖いのか、わからない。いや、わかっている。

――なかったことにしている過去が、だ。

こだわらずに流してきたことに、直面させられる気がする。

理由は明白。あの夜、彼はもっとも近づいたのだ。過去に。この土地に。

預言者の眼差しを思いだす。やさしそうでいて、実は容赦のない声。凛とした立ち姿と、彼に告げた言葉。

——あのひとも、もういなくなった。

そうだ。もっと奥へとみちびく者はいない。真源の在処《ありか》を示されたりも、しない。

彼は皇女の頭を摑んだ。

「おい、やめろ」

「いいから先に行け。おまえの背中は、見ていてやる」

そして、ファルバーンの背中を見る者はいないのだ。誰も。どこにも。

あふれるような孤独を感じ、彼は笑った。なにかが面白いのでも、おかしいのでもない。ただ、笑いしか出なかったのだ。

「……まことか？」

「まことでありますよ、チビ殿」

珍しく、皇女は憤慨しなかった。と思ったのは、一瞬だった。

「よいか、わたしのことをそのように馬鹿にできるのも、今だけだぞ！」

「背が伸びる予定でも？」

「いずれ、そなたなど踏み潰してくれる」

ちょっと勢いが良過ぎるのではないかと思うが、皇女の口調は真面目そのものだ。

「雲を衝《つ》くほどの巨人になるつもりか」

「雲でも山でも踏み抜いてみせよう」

——もうちょっと考えてから、ものをいえ、チビが。

と、思っただけで口にしなかったのは、皇女の返答にさらに勢いがつくのを避けるためだ。

「では、ここに入れるのも今のうちだな。そんなに大きくなったら入れない。さっさと行け」

「……そなたも、ちゃんと来るな？」

「安心しろ」

恐怖など、気の迷いに過ぎない。

皇女は彼の手を払いのけ、鼻息も荒く宣言した。

「安心するもなにもない、わたしは怖くない。わたしが怖くないのだから、そなたも怖くない」

「わかったわかった、いいから行け」

——これで一応、妙齢の女性だからな……。

周囲が、ちょっと甘過ぎるのではないか。いつまでも子どものままにしておけば、かわいい、かわいい、でなんでも済むし、お互いに楽だから、こうなっているのでは？

——いや、自分も楽をさせてもらっている側か。

鳥を引いて通路に入って行く皇女の後ろ姿を見送って、ファルバーンは苦笑した。皇女が子どもっぽいおかげで、不意に襲って来た恐怖から解放されたことに気がついたのだ。

それはそれで不本意だと思いながら、彼も通路に足を踏み入れた。

入ってしまえばなんのことはない、ただ薄暗くて狭いだけの場所だった。迷路を正しく抜けると広大な空間に辿り着くはずだ――ただし、直進すると床がなくて落下する。

床がない方に導かれるはずはないから、途中で道を違《たが》えるのだろう。明るい方へといわれたが、鳥で視界がふさがれてしまい、分岐があるかどうかもよくわからない。

まぁ鳥について行けばいいだろう、と暢気《のんき》に歩を進めていたところ、不意に光が強くなった。どうやら、目的地に到着したようだ。

そこは、それなりの大きさの――事前の説明通り、鳥がくつろげる程度に余裕がある――部屋のように思えた。とにかく明るくて、細部がよく見えない。ファルバーンは眼を何度もしばたたき、今、襲撃されたら大変だなと思った。

皇女がさっそく、文句をつけている。

「明る過ぎるのではないか」

「目印でしたからね。もう弱めます」

「いや、待て。アルサールがまだ来ていない」

「彼なら平気ですよ。灯火なしで移動できるかどうかも、試しましたから」

用意周到にもほどがある、とファルバーンは思った。第二皇子のすることだから当然だろうか。

――事前に知っていた者は少ないのだろうが……。

だからこそ、アルサールがなんでも詳しい、ということだろう。この場所の最終的な点検や物資の運搬などは、すべて彼がやったに違いない。

「それにしても、明るい。どういう仕掛けなのだ？」

皇女がどこに食いつくか、ファルバーンには予測できない。伝達官にはわかっていたのだろうか？いつに変わらぬ笑顔で、すらすらと説明する。

「鏡を使って光量を増やしているのです。博沙では、連絡などにも使いますよ。こう、周りを覆って一カ所だけ窓のようにして、開閉させるのです」

「それは興味深いな。つまり、覆いを鏡で作ればよいわけだ」

「そうです。ただ、質のよい鏡を手に入れるのが、なかなか難しく」

「ああ、そういうことか。要は経費か」

「経費もですが、そもそも職人の数が少ないと聞いております。金を積んでも、数を集めるのは容易なことではないとか」

「しかし、ここまでの品でなくともよいのではないか？」

「そうですね。これは最上級品です。鏡が用意できない場合、光量の増幅には、水も使えますね」

「水」

「はい。ただ、仕掛けの作りかたはこれとは違いますし、それに――」

そのまま、灯火の仕掛けについての突っ込んだ話がはじまった。皇女の興味も行き過ぎではないかと思うが、伝達官がまた無駄に詳しい。相乗効果で、話は終わりそうにない。

光に慣れた眼で、ファルバーンは室内を見渡した。いかにも地中を掘り抜いて作った部屋らしく、壁も天井も曲面で構成されている。

壁面を覆うのは、文字文様だ。いつか見た、あの広大な地下の床にほどこされていたのと同じ、色味の違う石を組み合わせた細工は、短時日で作れるようなものではない。この部屋自体はもとからあって、第二皇子の部下たちが発見したのだろう。

壁の上方に空気穴のようなものがあるが、覗いてみても、ただ真っ暗なだけ。火を焚《た》いても、煙が出る場所はずっと遠く、あるいは分散させてほとんど目立たないようにしているのかもしれない。この地下迷宮自体、秘匿されていたのだ。付随する施設と思われるこの部屋にも、そういった気配りはなされているはずだ。

奥にも続き部屋があるようだと気づき、ファルバーンは勝手に次の部屋も見て回った。

個室が三つ。どの部屋にも分厚い敷物が広げてあり、そのまま眠れそうだ。

奥の部屋には行李が並べてあった。中には毛布や着替え、保存食などが納められている。

保存食を眺めただけで、砦《とりで》の食堂が恋しくなったのは、我ながらどうかしている。あの乾酪の味には閉口していたはずなのに。

そうこうする内に、アルサールと鳥がやって来て、最初の部屋は窮屈になった。

「無人と思って大丈夫そうです。鳥にも見てもらいましたが、風が刻んだ以外の痕跡で、新しいものはないと感じたようです」

「そうか、わかった。おまえたち、疲れているところを悪かったな。よく休め」

どう見ても鳥だけに向けられた言葉だったが、ファルバーンもそろそろ休みたい。

「では休ませていただきます。ここの隣を使ってかまいませんか？」

「待て」

ため息をつきたい。たぶんこれは、なにか用をいいつけられる流れだ。

「なにか？」

「そなたは、穢れを調べるという使命があるだろう」

「……そのことですか。何日か逗留するのでしたら、今日でなくともよいでしょう」

「何日いることになるかわからぬというのは、すぐさま呼び戻される場合もあるということだ。今すぐ奥まで行けとはいわぬが、着いていきなり寝るのはないだろう」

ファルバーンは口を引き結んだ。

穢れを感じなくなったことは、博沙相に伝えてある。第二皇子には報告が届いているだろうし、当然、伝達官もそれを知っているはずだ。

アルサールは……どうだろう。おそらく知っているのではないか？　穢れが薄れたからと説明を受けていなければ、鳥たちを滞在させるような話は引き受けなかっただろう。かれらをここに運ぶだけ運んで、すぐさま飛び去ってしまうはずだ。また迎えに来るから、と。北嶺人とは、そういう輩《やから》だ。

全員が知っていて——ただ、皇女だけが知らない、あるいは愚直に使命を信じようとしている。かれらがここにいるのは、水源の汚染を調査するためだと思いたいのだろう。

だが、それは違う。

水源の調査は名目だけのもの。ファルバーンが同行させられたのは、伝達官の移動にそれなりの理由を持たせるため。つまり、間諜が勝手に解釈するための、見せ札扱いだ。

「ここまで源に近づいていても、わたしは穢れをなにも感じません」

言葉にすると、事実が一層、身に染みた。

なにも、感じない。

アルハンまで来ても、こうして地下まで潜ってさえ、穢れを感じることはなかった。

「そうなのか」

「ええ。ですから、緊急性は皆無ですし——ほかのかたがたが即日呼び戻されるにしても、わたしが同行する必要がありますか？　その場合は、ここに残ってゆっくり調べますよ」

「帰る手段がなかろう」

ファルバーンは少し、考えた。

——帰る？

どこに。なんのために？　誰が彼を待つというのか。

そのまま口にしたら面白そうだという誘惑をしりぞけるのは、容易だった。どう考えても面倒な結果を引き起こすに決まっているから、当然である。

「そのうち、博沙の警邏の兵が通るでしょう。かれらに拾ってもらいます。とにかく、今は疲れているので休ませていただいても？」

「ああ……いや、鳥の飲み水を確保してからだ」

ファルバーンは鳥たちを眺めた。部屋のほとんどを占拠する巨体を覆うふわふわした羽毛、人の首など簡単に食いちぎれそうな嘴、どこまでも見通せそうな琥珀《こはく》色の眼。

皇女は怖くないが、こいつらは怖い。

「水はどこから運ぶんです？」

「この先に井戸があるんですよ。地図をお見せします」

伝達官が、床の上に地図を広げた。家具がないので、どうしてもそうなる。四人で覗き込むと、頭を突き合わせるような具合になった。

地図は迷宮の一部を描いたものだった。まだ全域は探査していないのか、あるいは必要のない部分は見せる気がないのか。

かれらがいる続き部屋は、迷宮の入口からそう遠くない場所にある。奥の広大な空間へ抜ける経路とは別の方向に井戸があって、その近くに厠《かわや》も設けてあるようだ。

もちろん、皇女は地図にも食いついた。

「その井戸というのは、もとからあったものなのか？」

「そうですね。使えるようにするために多少は手を入れましたが、はじめからあったものです。迷宮の番人が使っていたのでしょう。長期間の生活に耐え得ます」

――長期間の生活か。

ジェイサルドは、この先にある暗闇の中で育ったと聞いた。同情すべきなのだろうが、そうですか、としか感想がなかったことを思いだす。

この部屋や井戸といった施設は、監視者の存在を物語っていた。いったいなにを、そんなに警戒しているのか。侵入者だろうか？

――いや、違う。

出て行く方を、警戒していたのではないか。

この迷宮は、穢れを閉じ込めるためのものだったのだから。

「井戸とこの部屋のあいだの分かれ道は、この地図にあるものですべてですね？」

「そうです」

「では、行って参ります――ああ、桶《おけ》とかそういうものは、向こうにあるんですか？」

立ち上がろうとしたファルバーンを制したのは、アルサールだった。

「俺が、鳥たちと行ってきますよ。ここまで水を運ぶより、飲みに行ってしまった方が早いですからね。こいつらも、それでいいそうです。ついでに、ちょっと奥も見せてきます」

「奥？」

「空洞ですよ。暗くて見えないから危ないぞとはいってあるんですが、やってみたくてうずうずしてるらしいんですよね……」

ファルバーンは少しおどろいた。

「あの場所を飛ぶ？」

「はい」

たしかに広大な空間だったとは思うが、この鳥たちならば、ひと呼吸で端から端まで辿り着いてしまうのではないだろうか。

「鳥は夜目は――」

「全然駄目ですね。ただ、空気のこう……淀《よど》みかたとかで、だいたい形がわかるので」

「凄いな」

思わずつぶやくと、アルサールが頭をかいた。

「いえ、そんな大したことではないです」

鳥じゃないのか、とファルバーンは思った。まさか。

「わたしでは真似できないな」

皇女の発言で、決定だ。鳥じゃなかった、凄かったのはアルサールだった。

伝達官が口を挟んだ。

「くれぐれも、真似はなさらないでください。危険ですから」

「わかっている」

伝達官は不安そうに皇女を見て、しかしそれ以上の念押しはしなかった。逆効果になりかねないと、わかっているのだろう。

アルサールが、立ち上がった。

「では、行って参ります」

「わたしも行こう」

「姫は、お休みに――」

「道も覚えたいし、ほかの者に鳥の世話をまかせて自分だけ休むなど、恥ずかしいことだからな」

どこかで聞いたような台詞《せりふ》をほざくと、皇女はさっさと通路に出てしまった。アルサールは眉根を寄せ、小さく息を吐いてから皇女の後を追った。

大変そうだと思いながら見送っていると、伝達官が苦笑混じりに告げた。

「どうか、気にせず休んでください」

「そうさせてもらいます」

のうのうと自分だけ休む気満々のファルバーンの背を、伝達官の声が追った。

「訊いても詮無いことではありますが……大丈夫なのですか？　失礼ながら、顔色が悪い」

——あまり大丈夫じゃないかもしれないな。

最近、どうも眠りが浅い。寝ているのに、ちっとも休めた気がしない。

だから、ほんとうに疲れているのだ。

とはいえ、大丈夫とか大丈夫じゃないとかいう問答が不毛なのは、ヤエトを見ていればわかる。うまく切り上げるべきだろう。

「そうですか？　自分ではわかりませんが……とにかく、休ませてもらいます。失礼します」

敷物の上に横たわると、砦を出たときに羽織ったままの毛布をかぶって、ファルバーンは眼を閉じた。さっき食事を恋しく思ったはずなのに、空腹は感じないし、喉も渇いていない。

ただ、やけに眠い——眠れないかもしれないのに、とても眠かった。

3

「起きたか」

皇女の声だ。室内は薄暗く、天井にはおぼろな文字文様が見える。

——今度は本物だ。

「起きたつもりで、まだ夢の中なのでなければ」

「なにをいいだすやら。起きたなら、なにか食べろ」

そういえば、暫くなにも食べていない。だが、あまり食欲はなかった。

——ほんとうに具合が悪いのかもな。

ファルバーンは、自分の体調に疎いところがある。生来頑健なようで、それでもなんとかなってきたが、まぁ……具合が悪くても気がつかずに動いてしまいがちなことは自覚している。

——今回は寝込んでも問題はないだろう。

むしろ、具合が悪くて臥《ふ》せってましたと証言できる方が、後々都合がよいのではないか。皇帝に勘ぐられずに済むのでは？　いや、無理かもしれない。

渋々起き上がると、皇女になにか包みを手渡された。薄暗くてよく見えないが、保存食だろう。

「ほかのふたりは休んでいる。暫くは、わたしとふたりで不寝番だ」

皇女とふたりで不寝番……もう絶対に、絞首刑ものではないだろうか？

「姫様は、お休みにならなくてよいのですか？」

「こっちに来い」

皇女は立ち上がり、部屋を移動した。なるほど、休んでいる者たちを起こさないようにだろう。

——つまり、今まではひとりで起きていたということか。

この場所はよほど安全が確認されているのだな、とファルバーンは思った。いつぞやは魔物が大量に出現したように思うが、まぁ……第二皇子なのだから、そのへんも事前に調査済みなのだろう。さすがに、あんなものに襲われた場合、この面子《めんつ》で勝てる気はしない。

――いや、そうでもないか？

鳥が二羽もいるのを忘れていた。最悪、皇女が逃げる時間を稼ぐくらいはできる。問題があるとすれば、皇女がおとなしく逃げるとは考えづらい、という点だ。

入口の部屋に着くと、小さな炉に火が燃えていた。上には鍋がかかっており、皇女はそこからなにか注いでいる。

そら、と手渡された椀に顔を寄せると、湯気があたたかかった。野菜を煮溶かしたものだろうか、とろみが強い。

ファルバーンはそれを一旦床に置き、さっきの包みを開いてみた。

――これは、あれだ。

あの独特の風味がある乾酪だ。

たしかに食堂が懐かしいとは思ったが、再現してほしいのは、これではない。食欲がないときに、これはない。

「不甲斐ない話だがな、わたしも水汲みのあと、うっかり寝入ってしまったのだ。それゆえ、夜半から夜明けまでの不寝番を引き受けることになった。そなたもだが……具合が悪いなら、それを食べたらまた寝るがよい」

ファルバーンが食べ物に口をつけないのを見て、よほど加減がよくないと思ったのか。ずいぶん親切である。

「いえ、大丈夫です」

しかたない。彼は乾酪を少し齧《かじ》り、急いで呑み込んでから汁物を啜《すす》った。このやりかたなら、なんとかなりそうだ。

「あまり食欲がなさそうだな」

「そうですね。ですが、食べなくなったら生き物は終わりですから」

「生き物か」

低い声でぼそぼそと話していると、自分で口にした言葉が身にこたえ、無理にでも食べるべきだという意志が芽生えた。

乾酪を先に処分すべく齧っていると、皇女がささやいた。

「ヤエトは、すぐ食べなくなるからいかんのだな」

「あぁ……まぁ……あれは、食べられなくなる、と表現なさった方が」

「そうだな。無理に食べさせても、すぐ吐き戻すからなぁ」

「姫様、申しわけないのですが、食べているときにその話題はちょっと」

「許せ」

案外素直に謝罪の意志を見せたと思ったら、皇女は眉根を寄せた。

今度はなんだ、と思っていると。

「あの……あれはもう、やめたのか」

「あれ？」

「チ……チビとかだ」

ファルバーンは笑いそうになったが、すんでのところで堪えた。あぶない。素で声をあげて笑うところだった。

「地下に潜ってまで、人目を気にする必要はないでしょう。それとも、余人の気配がありますか？」

「いや、それはない」

「では……もしや、チビと呼ばれる方がお好きですか？」

今度は、どうしてもにやにや笑いをとめられなかった。たぶん表情に出た。だが、皇女は気づいた様子もない。薄暗いおかげである。

「それもない」

「でしたら、問題はありませんね」

「ないな」

「よろしゅうございました」

「……そなたは、いつもそうして涼しい顔をしておるな。癇《かん》にさわるあたりが、ヤエトに似ておる」

「ありがとうございます」

「褒めてないぞ」

「畏《おそ》れ多くも尚書卿に喩《たと》えられたのですから、お褒めの言葉をいただいたも同然です」

「そういうところだ、そういうところ！　妙に似ておる」

「ありがとうございます」

皇女は彼を睨んで口をつぐみ、暫くしてから破顔した。

「意外に面白い男だな」

絞首台に一歩、近づいた心地がした。かるい目眩を覚えつつ、ファルバーンは汁物を啜った。乾酪は処分しきったから、もう安心だ。

「ちょっと味が濃いですね」

「ああ、煮詰まったのかもしれないな。ずっと火にかけていたから」

「わたしが寝過ぎたのでしょう」

「それもそうだ。そなたはずいぶん図々しいぞ」

そのへんはヤエトと違う――そんなことを、皇女は口の中でつぶやいた。それは同意してもいいな、とファルバーンは思う。

そして、同時に考える。

――なんでも救い主様と比べてしまうんだな。

誰かが誰かに似ているかどうかなど、おそろしくどうでもいい話だ。だが、今の皇女の判断基準のひとつは、そこにあるのではないか。

ヤエトに似ているかどうか。

「明日のご予定は？」

「できたらこの奥の方を探検したい」

「先ほど、行かれたのではないのですか？」

アルサールが、鳥たちに見せてやるといっていた気がする。だが、皇女は首をふった。

「結局、水汲みだけして戻ることになったのだ。わたしを連れて行きたくはないということだろう。ということは、明日になっても、アルサールと伝達官が許してくれるかどうか……」

「なるほど」

「そなたは許すも許さぬもないだろうが」

「姫様にご意見できるような立場ではありませんので」

皇女は笑った。

「そうではないだろう。そなたには、わたしに忠告する義理がない。わたしが死のうが生きようが、愚かなことをしようがすまいが、関係ないのだ」

「……いや、そこまでは」

「だから、気楽でよい。あっちのふたりは、もうちょっとうるさいからな」

「はぁ」

せっかく外に出たのだから、息が詰まるのは避けたいものだ――そうつぶやきながら、皇女は炉の面倒をみている。燃料は、北嶺でよく使われている乾燥した鳥の糞《ふん》だ。無臭の上、非常に軽く、火持ちもよいという夢の燃料だが、継ぎ足す量によっては爆発が起きかねない。皇女はいかにも扱い慣れた手つきである。ファルバーンがやるより、ずっと安全そうだ。

「そなたは、奥に行ったことがあるのだろう？」

ぼんやり眺めていたので、不意打ちを食らった。

「はい」

「魔物が出たりして大変だったそうだな。兄上や叔母上は、それで退《ひ》かざるを得なかったと聞いた。ヤエトはさらに奥に行ったそうだが……そなたも」

皇女は彼の方を見ていない。どうやら、妄想の翼を羽撃《はばた》かせているようだ。

いったいどんな想像をしているのか。きっと、魔物たちとの勇ましい戦闘とか、そういったことを考えているのだろう。現実には、ただ走って逃げただけだ。置き去りにされぬよう、必死で走った。

「わたしも行きたかったな」

「あの場におられなかったでしょう」

「そうだ。残念ながら、わたしは自分の居場所を自分では決められぬのだ」

自嘲する言葉に、しかし、ファルバーンは同情したりはしなかった。

「誰だって、そうです」

「……そうか」

「わたしが今、望んでこの場にいるとでも？」

皇女は笑った。

「なるほど、わかりやすいな」

わかってもらえたなら、結構だ。

たしかに、ファルバーンはこの土地に一定の義務感を覚える。清浄神の恩寵を享《う》けた者として、水源の管理を投げ出すわけにはいかない。

だが、それを皇女の避難を隠蔽《いんぺい》するための看板として使われることを歓迎しているわけではない。なんら相談を受けたわけではなく、同意も求められてはいないのだ。

もっと腹を立ててもかまわないと思うが、さすがに、立場が弱過ぎる。それに、皇女に苛立ちをぶつけても、あまり意味はない。せいぜい、ファルバーンが一時的にすっとする程度だ。

それから暫く、ふたりは黙って座っていた。

沙漠の夜は寒い。炉に火が入っていても、冷気がひたひたと寄って来る。背中から、床から。あるいは天井からも。

「どういう事情でなのか、訊かぬのだな」

「先ほど、お訊きしました」

「そうだったか」

先ほどという表現よりも、ずいぶん前かもしれないが。少なくとも、一回は確認した。

皇女も、思いだしたらしい。

「あれよりも、突っ込んだ内容を、ということだ」

「わたしが知っても、どうしようもないことですので」

上つ方の事情を詳しく知りたいとは、あまり思えない。

「そうか」

皇女は話したいのかもしれない。たぶん、そうなのだろう。皇家とのしがらみがない……いや、あるといえば非常にあるのだが、それを感じさせないファルバーンだから、話しやすいと思ったのかもしれない。

だが、ファルバーンの方には、それを聞いてやる義理もなかった。

自分の人生だけで手一杯だ。それすら持て余して、今やどうでもよくなっている。

また長い沈黙がつづいたあと、皇女がつぶやいた。

「まずい」

「は？」

「眠くなってきた」

ファルバーンは皇女を見た。皇女は頭を左右にふっている。火の色を映した巻き毛が、磨きあげた銅のようにかがやいた。

眠そうな眼をしばたたいて、皇女は彼を見た。

「なにか、話せ。面白い話がよい」

無茶振りである。ファルバーンは少し考えて、では、と話しだした。

「沙漠に伝わる物語を」

「おお、なにやら期待が持てそうだ」

「昔、シンシャという名の老爺《ろうや》がいた。老爺とはいっても、生まれたときは赤子だったし、少年に、青年に……と順調に年齢を重ね、なかなか死ななかったから、老爺になった。それだけのことだ」

皇女は眉根を寄せたが、まだ感想を口にするのは控えている。

ファルバーンは話をつづけた。

「とはいえ、皺は深く、背は曲がり、歯も抜けるほどに年をとった者は稀だったから、老爺のもとには客が絶えなかった。長寿の秘密を知りたいというのだ。だが、老爺は呵々《かか》と笑って告げるだけだった――ただ生まれて育って今に至るだけ、そこには秘密なんぞ何もない――と、こうだ」

「ふむ」

「自分に秘密があるとしたら、なにを考え、なにを想ったか、それだけだ。なにを愛し、なにを憎み、なにを恐れ、なにを後悔し、あるいは苦しみ、歓喜したか。どんな知恵者にもわからない、それこそが秘密、自分の人生が抱える真実なのだ。そうだ、これだけは教えておいてやろう――死んで誰からも忘れられることを恐れる者は多いが、それがなんだというのか。誰からも忘れられるとは、誰にも知られぬこと、理解されぬことだ。知られたいか？　理解されたいか？　馬鹿らしい、と老爺は笑った。俺の考えは俺しか知らぬ、なんと自由なことか！」

ファルバーンは口をつぐんだ。

かなり時間が経ってから、皇女が尋ねた。

「……まさかとは思うが、それで終わりなのか？」

「終わりですね」

また暫し、沈黙。

「そういえば、常々思っておったのだ……その……沙漠の説話はなんというか、変だな、と」

どうやら、面白くなかったという感想を伝えつつも、礼を失しない表現を探していたらしい。

こういう場合に最適な、もう少し婉曲《えんきょく》な表現で、ファルバーンは同意を示した。

「投げ出されますよね」

「ああ、うん。そうだな。そんな感じだ」

しかし、この話題はもう広がりようがないだろう。このまま会話が途絶えれば、皇女は寝入ってしまうかもしれない。

――寝かせてやってもかまわないんだが……。

問題は、皇女がうっかり寝てしまえば、起きてから不機嫌になるに決まっている、ということだ。

それに、火の世話をするのは皇女の方が慣れていそうだし、こんな狭い場所で炉を爆発させてしまったらと思うと、自分が引き継ぐのは危険な気がした。

寝かせないためには、喋らせるしかない。

「帝国の昔話は、どんな感じなんですか？」

「残念だが、わたしはあまり詳しくないのだ。語れるほどには知らぬ」

「たとえば？」

「そうだなぁ、皇祖の話とか……。シャーダイ高原で、敵将を三人まとめて討ち取った逸話なら、詳しく語れる」

「勇ましいですね」

「戦記だからな」

「どんなお話なのです？」

「うむ。まず敵の陣容からだ。常勝の大将軍チチェナクと、その配下の左将軍ジェンジュヤン、右将軍シャーザナフが、それぞれに精鋭の騎馬隊二千、あわせて六千と、槍《やり》兵二万を率いて高所に布陣したのだ」

ものすごく興味がないが、皇女の語り口は生き生きとしている。つまり、つづけさせれば寝ない。

「強そうですね」

「強い。チチェナクは、騎士の国と呼ばれたザファンの、もとは文官だったらしい。つまり、尚書官だな。それも歴史編纂《へんさん》にあたっていたというから、ヤエトのようなものだ」

「なんと」

適当な相槌《あいづち》の在庫が、あまりない。ヤエトだったら、御意に存じますとでもいうのだろうか。

――いや、それはないな。

常勝の大将軍がヤエトのようなものだといわれたら、反論するだろう。ファルバーンの見るところ、ヤエトなら、いかなる事情があっても史官から将軍に転職したりはしないはずだ。戦闘が熾烈《しれつ》になる頃には倒れている可能性が高いのでは、作戦参謀としてすら頼りなさ過ぎる。

「ザファンは小国だ。いや、小国だった、のだ。隣国に攻め込まれ、防戦一方……というほどのこともなく戦線は瓦解、敵の先鋒《せんぽう》が王城に迫ったときに、王が悲鳴をあげた。廷臣を広間に集め、我と思わん者がいれば声をあげよ、兵馬の権を与える、と宣言した。なにを思ったか、では、と立ち上がったのが、チチェナクだ。彼は、王城守護の兵士たちを鼓舞するでもなく、淡々と、なすべきことをなしましょうとだけ告げた。非戦闘員全員に穴を掘らせた。そして、槍を持たせた。穂先がなければ、木の棒だけでもかまわないからと、とにかく「長いもの」を揃《そろ》えた。部隊を再編成し、守備兵の中でも練度の低い者には槍を持たせた。練度の高い騎兵は別働隊とし、城へ通じる隘路《あいろ》の左右に配し、敵が反転したらただちに駆け下って追撃せよ、とだけ命じた」

相槌の必要はなさそうだ。皇女はすっかり目が覚めたようだが、ファルバーンは眠くなってきた。

この調子では、三将軍が討ち取られるまでに、不寝番の役目が終わるのではないか。

「チチェナクの作戦は、単純なものだった。こちらの主力を討ったと思い、敵は増長している。敗走する味方の軍に、騎兵はもういない。歩兵だけだ。対して、追撃する敵軍の先頭に立っているのは騎兵である。歩兵を救うには手遅れだろう。兵を屠《ほふ》りながら、敵は城へと迫るはずだ。一方的な殺戮《さつりく》をくり返す内に、指揮系統は曖昧になり、戦列は野放図に伸びている。騎馬の兵、それもあまり頭のよくないのが真っ先に辿り着く。そして穴に引っかかる。穴の深さはさほどでもない――もともとザファンの城は固い地盤の上に建っている。深い穴を掘れる場所ではないのだ。落とし穴というより、馬や兵の足が引っかかるように掘った、嫌がらせのような穴だ。馬防柵で道を狭め、どうしても通らねばならないところを重点的に掘る。そして、引っかかった兵に左右から槍を突き出す――後ろから来た兵は、反転する。ここからは、追撃だ。敗走する軍を追い、痛手を負わせることは容易である」

ザファンをあなどっていた敵国軍は、こうして手もなく追い払われたわけだが、ここで画期的なのは、と皇女は話をつづける。

「非戦闘員すべて、というところだ。チチェナクは、女にも武器を持たせた。沙漠の西で、女が戦闘の表舞台に立つことは、非常に珍しい」

「そうなんですか」

「そうだ。ごく限られた女性が話題にのぼることはあるが、それは珍しいからだ。有能だからではない……いや、有能でなければ女性の身で戦場に出ることはかなうまいから、皆、有能ではあるのだろうが、なんというか、男とは違うのだ」

「女ですからね」

「女であるゆえな」

ふん、と皇女は鼻で笑った。

この話題は面倒なことになりそうな気がしたが、話を途中でやめさせるわけにもいかない。

「しかし、一回追い返したくらいで勝ちを決めることができるのですか？」

「一回追い返しただけではなかったのだ。チチェナクは、ぼろぼろになったはずの軍を見事に再編し、次の会戦では倍の兵力を相手に堂々たる勝利をおさめた」

「そのときも、女性を使ったのですか」

「そうだ。なにしろ、戦死者の数が多過ぎてな。女も戦場に出ないわけにはいかなかったのだ。非常に活躍したと伝えられるが、ただ、残念なのは――」

ここで、皇女は大きく息を吐いた。

「――誰ひとりとして、その名は今に伝わっておらぬ」

「残念ですね」

ほかに反応のしようがない。

「ああ。残念だ」

「ではその、三人まとめて討ち取られたときも、女性が戦場に？」

いや、と皇女は首を左右にふった。

「チチェナクが将軍になってから、もう十数年が経過していた。滅亡の危機に瀕《ひん》した時点で少年だった子どもたちが、成長して兵士となるには十分な時間があったのだ。女性の姿は戦場から消えていた。もし出征していたとしても、まぁ、皇祖ではな……」

「皇祖様は、そんなにお強かったんですか」

「大げさにいわれている可能性はあるが、用兵の天才だったと伝わっている」

実のところ、ファルバーンは戦の経験がない。武器の扱いには、それなりに長けている。命を奪い合ったこともあるし、集団での戦闘になったことも……まぁ、ないわけではない。だが、それは部隊を組んで上官の命を受け、あるいは部下に号令するといった形の戦いではなかった。

だから、用兵という言葉に実感がない。

「直感的な指揮だったという。戦場の地図を見ると、どこを攻めればよいかわかるらしい。相手の布陣も、だいたい予測できたそうだ。これはまぁ、恩寵の力を使ったのだろうが」

「恩寵、ですか？」

「そうだ。皇祖の力は相当なものだったというから、かなりの距離、かなりの精度で人の心を感じ取ることができただろう。敵の陣容を、幕屋の内にいながらにして把握し得たらしいのだ。正確な情報を踏まえた上での作戦立案であり、用兵だ。情報を活《い》かす力を、皇祖は持っていたのだろう」

――その三人の将軍が逆に皇祖を討ち取っていれば、今、ここに皇女はいないんだな。

そう考えると、なんだか変な気分だった。

皇女の方はなにを考えているものか、黙ってしまった。

これでは、話が進まない。それはどうでもよいにしても、眠くなってしまうのが困る。

「それで、その左将軍とか右将軍とかも、その若者たちの中から頭角をあらわして来たわけですか」

「左将軍は、そうだ。右将軍は違う」

「では、生き残りの老将だったのですか？」

「それも違う。右将軍は、皇祖に叛《そむ》いた帝国人だった……と、伝えられている」

へぇ、とファルバーンは思った。それなら、皇祖ほどではないにしても、敵の布陣などを感じ取る力があったのではないだろうか？

皇女は難しい顔をしている。

「気にしたことがなかったのだが……ひょっとすると、右将軍は……」

そこでまた、口をつぐんでしまう。

しかたがない。ファルバーンは、つづきをうながすことにした。

「右将軍は？」

「皇祖の妻に惚《ほ》れていたのかもしれない」

——そういう話か！

これは、どう反応すればよいのだろうか。

「よほど美しい人だったのでしょうか」

「どうだろうな。肖像画を見たことはあるが、ヤエトがいうには、あれは後世の画家が妄想で描いたものだから、信じてはいけないと。まぁ……男が奪い合ったのだから、魅力のある女性だったのだろうな。右将軍は、皇祖の親友だったと伝えられている。だからこそ、裏切られた皇祖は彼を……絶対に許さないと、そう宣言して出陣したと」

陰惨な筋立てになりそうだなぁ、とファルバーンは思った。皇祖の妻は、元親友とやらの思慕に応えたのだろうか？　一方的なものでも、そうでなくても。あるいは皇祖の思い込みや誤解だったとしても、はたまた権力を持ち過ぎた男を追い落とすための冤罪《えんざい》だったにしても、楽しい話にはなりようがない。

「あれですね」

「どれだ」

「代官の奥方が聞いたら、凄い台本を書きますね」

「ああ……それはそうだろうが、上演できるかどうか。不敬とされれば首があやうい」

「それ、どうなんでしょうね」

口がすべった。

「それとはどれだ」

「不敬で首がとぶっていうのが」

「どういう意味だ」

少し面倒だったが、ほかに話すこともない。しかたなく、ファルバーンは自分の考えを口にした。

「上に立つ者への批判ができなくなると、上が間違ったときに、正しい方向に戻れないと思うので」

「それは、全体として、ということか」

「全体？　まぁ、そういうことになりますね。たとえば、わたしの故国はおそらく、そういう国だったんじゃないかと。伝統を守り、そこからの逸脱は許されなかったようですし。間違っている、という声があがることさえなかったでしょう。……姫様は、ジェイサルド殿がこの地下で育ったという話はご存じなんですよね？」

皇女はうなずいた。

「知っている。それで、この場所には興味があった」

「では、その話をお聞きになったときに、どう思われました？　実際にこの場に来てみて——」

ファルバーンは言葉を切った。

不意に、自分が地下にいるということが強く意識された。

頭上にあるのは、滅びた街。疑うことを知らぬ信仰と、そこから生じた慣習が鉄の掟《おきて》となり、無批判に日をかさね、年をかさねた。排除したはずの穢れは地の底で蓄積され、それがジェイサルドという怪物を産んだのだ。

呪術的には違ったのだろう。穢れの子にすべてを負わせることで、アルハンは清浄だと信じていたはずだ。だが、その子どもがどうなったか。地上に逃れ、沙漠の隊商路を荒らし、武名をもってアルハンの将軍となり——裏切った。

——アルハンは、帝国に滅ぼされたんじゃない。

清浄への度を越した信仰によって、みずから滅びたのだ。

「――あらためて、どう思われますか」

「ジェイサルドは強かったのだな、と思った」

それが皇女の回答だった。

アルハンは酷いでも、穢れの子がかわいそう、でもない。

なるほど、皇女らしい答だ。

「そうですね……ジェイサルド殿は、お強かった。強い者が、一国の穢れを引き受けさせられた結果が、滅亡です。犠牲の運命を逃れ、国に復讐できたのは、彼が強かったからです。強過ぎた、ともいえるかもしれないと思うのです」

「ああ……なるほど、強過ぎるというのはわかりやすいな。強過ぎるから、ひとりでなにもかもやってしまうし、彼の都合でものごとを進めてしまった。そういうことだな？」

「そうではないかと思います。彼に限らず、誰かが指摘できればよかった。このやりかたは間違っていると、伝えることができていれば。それを受け入れる素地が国の中枢部にあれば。なにかが変わっていたかもしれません。いずれ、帝国に滅ぼされる運命だったかもしれませんが」

「聞いたことがある。アルハンはもう沙漠の終わりに近い街。それゆえ、陛下は――」

「――いや、今さらだな」

皇女はなにかいいかけて、気を変えた。

「今さらですね」

滅ぼした側と、滅ぼされた側。一緒に過ごしていることを意識してしまうと、妙な気分になる。

ファルバーンに故国の記憶は薄い。皇女に至っては、生誕前の話だ。

それでも、こんなに引きずってしまう。癒えていない傷の存在を、あらためて自覚する。

——わたしはアルハンの人間なのだ。

それがもう存在しない国でも。ほとんど覚えてすらいなくても。

「これが、歴史を知るということなのかな」

つぶやいた想いの先には、ヤエトの存在があるのだろう。

昔な、と皇女は言葉をつづけた。

「尚書卿が申しておった。歴史とは暮らしなのだと。傑出した偉人だけが歴史をつくるのではない。無名の人々がそれぞれに積み重ねた時間、すべての堆積が歴史なのだと」

「尚書卿らしいお言葉です」

「そうだな。わたしもそう思う。ただ、よく理解したとはいえなかった。今もそうだが、それでも、以前よりは理解が進んだのだろうと思いたい。だから、三人の将軍が討ち取られたのにも、そこに至るまでの経緯があって、それぞれの人生があって……そういうことを想像できるようになった」

「なるほど」

「そういう意味では、将軍たちの話よりも、沙漠の説話の方が生の歴史に近いのかもしれないな」

「……そうでしょうか？」

「先ほどの説話など、まさにそれではないか。老爺の人生を、誰も知らぬ。それが、歴史に残らぬ部分だ。史料にしるされぬまま、抜け落ちて消え去るものだ。そうやって残し得ぬものをたくさん失いながら、それでも記録されたもの。それが歴史なのだろう」

語りながら、皇女は炉を突ついた。火がぱっと燃え上がり、皇女の顔の輪郭を少しだけ明るくし、そしてまた闇に溶けていく。

一瞬の炎が人生なら、闇は無窮の時の流れだ。すべては消え去る運命にある。良いも悪いもない。ただ等しく時間は過ぎ去って、それぞれの上に死が訪れる。

――ここは、死が近過ぎる。

何日も滞在するには向いていない。気が滅入る。

「ことば使いの話をご存じですか？」

「知らぬ。なんだそれは」

「それは昔、まだターンの神殿がその威容を誇っていた時代のこと。ある一族に、泣かない赤子が生を受けた。皆が死産と思ったが、そうではなかった。赤子はただ、泣かなかっただけだった。一族の長老は、赤子はターンの神殿で神託を得るべきと主張した。そこで両親は、赤子を連れてターンの神殿へ向かった。産後間もなく旅立ったため、産褥《さんじょく》の疲れが抜けていなかった母は、途上で倒れて動けなくなった。父親は、妻と赤子を残し、赤子のへその緒だけを持って神殿に向かった。神官は、へその緒をターンに捧げた。すると神託がくだった。その赤子は、ことば使いである、と」

「さっきの話より、長そうだな」

皇女が口を挟んだが、ファルバーンはこれを無視して話をつづけた。

「赤子の父親は、ことば使いとはなにかと神官に訊いた。神官も知らない。誰も知らなかった。神託はつづいた。ことば使いとは、ことばをもってすべてを制する者。滅びよと告げれば滅び、生じよと語れば生じる。その力は人の範疇《はんちゅう》を超える。意図したところを飛び越して、思いもよらぬ結果を招くことは必定。重々心得て育てよ、と。父親は、妻子のもとへ戻った。妻は復調するどころかさらに弱り、枕から頭を持ち上げることさえできぬ有様だった。必死の看病も虚《むな》しく、妻は神託の内容を聞くことすらできぬまま、死んでしまった。乳母を紹介しようという街の人々の親切を断り、父親は赤子を連れて去った。それっきり、故郷へも戻らず、消息も知れない」

皇女が、ゆっくりと息を吐いた。

「さすがに慣れたぞ。それで話は終わりなのだな？」

「この話は終わりですが、つづきかもしれない話が伝わっていますよ」

「つづきかもしれない話？」

「ええ……ですが、今日はこのへんにしておきましょう」

「えっ」

ファルバーンは微笑した。

「これは、そういう話なんです。つづけて語るのが、禁じられているんですよ」

「なんだそれは。ほんとうに、沙漠の説話というものは……まったく、放り投げまくりだな！」

「投げっぱなしですね」

「それだ」

「ですから、聞いた者はそこに自分で意味を探さねばならないのです」

皇女は眼をしばたたき、本気か、という風にファルバーンを見た。

「聞き手が考えるのか」

「そういうことになりますね。結局、なにをどう考えるか、自分の中でどう説明をつけるか、そこが話の価値になります。語り手の上手い下手はもちろん、説話の内容がどうかも、ほんとうはどうでもいいんですよ。自分が、いかに考えたか。それが重要なんです。で、この話をつづけてしてはならないのは、その考える時間をつくるためなんです」

「……いや、それはないだろう？　つづきがあるなら、さっさと――」

「駄目ですよ。ご自分で、お考えになってください」

皇女は顔をしかめた。

「そういうものなら、我らの物語は、そなたにはずいぶんとうるさく感じられるのだろうな。それこそ、代官の奥方の台本などは」

「まぁそうですね。あのときこの人物はこう思った、そう考えた、あちらの人物はこのように受け止めて、あのように行動した……。すべて説明されてしまって、考える余地がないですから。親切だなと思いますよ」

「沙漠の説話は不親切だな」

「そうですよ。なぜだかご存じですか」

「知るか！」

勢いよく答えた皇女に、ファルバーンは真顔で告げた。

「沙漠は過酷な土地柄です。人に親切にする余裕など、どこにもないんです」

皇女は無言だった。

——沙漠に生きるとは、そういうことだ。

自分の面倒をみるだけで、ぎりぎりだ。

ファルバーンは、厳密には沙漠育ちではない。沙漠には、もう人が暮らせる場所がなかったから、辺縁部を彷徨《さまよ》って暮らした。それでも、自分は沙漠の子だと感じている。

我ながら、あの母を抱えてよく生き延びたものだ。記憶が抜け落ちている時期もあって、さぞ大変だったのだろうなと他人事のように考える。それこそ、過酷な環境で生きる沙漠の民の特質なのかもしれない。すべてを自分から遠ざける、瞑想《めいそう》的な思考こそが。

沙漠の説話の不親切さにも、苛立ちはしない。

ゆっくりと考えるだけだ——そこに、なにか自分の得になることを見出せないかと。

それからほどなく、アルサールが起きて来た。

「ちょっと、鳥の面倒をみてきます。それが終わったら、代わります」

「もう朝なのか？」

皇女の問いに、アルサールはうなずいた。

「そうですね。日が昇った頃だと思います」

ファルバーンは、少しおどろいてアルサールを見た。

「鳥が騒ぐんですか」

アルサールは笑った。

「騒ぐ前になんとかしてやらないと、ここで糞をしますよ。日の出は、わかるんです。なんとなく」

「へえ……」

鳥がなにかこう、不思議な力で感知するとかではなく、アルサール個人の資質として、そういう能力があるのか。

なんのために？

いや、個人の能力など、役に立つも立たないもなく身につくものだし……それとも訓練したのだろうか、だとしたらなんでだよと考えていると、皇女が立ち上がった。

「わたしも行こう。また水を飲ませるのだろう？」

「そうですね……でも、せっかく水場に行くのですから、今度はファルバーン殿、よろしいでしょうか？　場所を確認していただきたいですし」

「いいですよ」

火の面倒をみるのは皇女にまかせたかったので、ファルバーンは喜んで立ち上がった。昨日感じていた疲労感は、ずいぶん軽くなっている。まだ完全になくなったとはいえないが。

「もうじき伝達官殿も起きると思いますので」

「起きましたよ」

奥からごそごそ出て来た伝達官は、少々眠そうだ。彼の立場上、皇女ひとりに火の番をさせるわけにもいかないのだろうが、もう少し寝ていた方がよさそうな顔つきである。

――アルサールだけで行ってこい、ともいえないか。

水場への往復くらいは、できるようになっておきたい。

水質調査が、たとえ表向きの看板に過ぎなくとも、それがファルバーンの本分なのだ。穢れを感じないというのも嘘ではないが、このまま水場に行きもせずに済ませるわけにもいかないだろう。責務を放棄したかのようで、落ち着かないことおびただしい。

「では姫様、行って参ります」

一礼すると、アルサールは外に出て行った。鳥たちも、おとなしく彼に従う。

それを追うファルバーンの背に、皇女は声をかけた。

「ゆっくりして来るがよい」

4

通路は冷え冷えとしていた。すぐ鼻先を歩く鳥の羽毛が、羨ましくなる。あれだけふわふわしていれば、この程度の寒さはなんということもないだろう。逆に、暑さには弱いだろうが。

——ああ、それで地下なのか？

沙漠の昼は、鳥には暑過ぎるのではないか。

それくらい配慮しなければ同行しない、と強気で交渉しかねないのが北嶺人だ。相手が第二皇子であろうが関係ない。ひょっとすると、真上皇帝であってもだ。

——アルサールは、今はどういう扱いなのかな。

ふと、意識がそこに向いた。

北嶺が天領扱いになったことを考えると、アルサールも皇帝の配下ということになるのだろうか。いや、ここの事前調査にあたったのがアルサールなら、第二皇子の命を受けてのことだろう。それなら、第二皇子の子飼いとなったのか？

鳥たちの前を行くアルサールの姿は、ファルバーンからは見えなかった。

通路は広くはない。鳥の後ろを歩くとは、鳥しか見えないも同然ということだ。鳥馬鹿の北嶺人なら喜ぶかもしれないが、そういう趣味がないファルバーンには、視界が不自由に感じられるだけだ。

「二回、右に曲がります」

なんの前触れもなく、道順の説明がはじまった。

右に曲がるといわれても、分かれ道があるかどうかすら、今のファルバーンには判断できない。ひたすら、鳥の尾羽を追うだけだ。

「それから、ここが見落としやすいんですが、ちょっと広くなっている場所で、鋭角に戻る道があります。左側です」

広くなっている場所とやらで、ようやくファルバーンは前を見ることができた。つまり、鳥以外のものを、だ。

とはいえ、進むべきは前ではないようだが。

アルサールと鳥が向きを変えて、その見落としやすい道へ入った。たしかに、あらかじめいわれていなければ気がつかないだろう。

「あとは、右に一回、左に一回曲がれば、水場です」

「右、右、鋭角に左、右、左」

「はい」

声が、闇に吸い込まれていく。

アルサールはもちろん角灯を持っていたが、最後尾を行くファルバーンにとっては、鳥の輪郭が少しはっきりしますね、程度の効果しかなかった。ファルバーン自身は、手ぶらである。

右に一回の分岐はすぐだったが、とにかく岐路を選んでいる感覚がない。鳥の尾羽を見て歩いていては、そうなるのが道理だ。アルサールが分岐を言葉にしたのは、そこを考慮してのことだろう。

――それにしても、なぜアルハンなのか。

皇女を安全かつすみやかに都から遠ざけるなら、鳥を使うのが理想的なのはわかる。一歩進めて、鳥を使えることを前提に、皇女を隠す場所を選定していたとしても、不思議はない。

だが、竜種の恩寵の力は、鳥の速度をも凌ぐ。移動先で目撃されれば、せっかく稼いだ距離が無意味になる可能性まである。

――博沙に寄らず、アルサールとふたりで北嶺の山中にでも隠れるのが良策だろうに。

ただ、北嶺は謀叛を起こした直後であるから、治安の問題がある。謀反を起こしたといっても、北嶺だし……と思えるのは、ファルバーンがかれらの気風を知っているからだ。皇帝はもちろん、第二皇子も、北嶺への避難は認めないだろう。

そもそも、なんで謀叛など起こしたのか。その方が、ずっと不思議だ――そこでようやく、ファルバーンは気がついた。謀叛の原因について、今まで考えてもいなかったことに。

そうですか、そりゃ大変だで済ませてしまい、事情を知ろうともしなかった。

北嶺には興味がない。それを、あらためて思い知らされた気分だった。

――薄情なのだ。

それをいえば、アルハンについてもそうだ。彼が知るのは、今の――廃墟となったアルハンの姿のみであり、それ以上を知ろうとしたことはなかった。

無人の廃墟に過ぎないアルハンは、たとえば北嶺のように謀叛を起こす心配はない。それでも不穏な場所ではあるのに、敢えて皇女をここに隠す理由はなんだろう。

「ここです」

アルサールの声で我に返った。

「なぜ、ここに？」

気がつくと、口走っていた。訊くつもりでは、なかったのに。

「え？　水場だから……ですが」

ここ、という言葉のさす意味が、すれ違ったらしい。アルサールが戸惑っていることに、ファルバーンは安堵した。

――誤解してくれてよかった。

なぜアルハンに来たのか。そんな問いを投げても、しかたがない。

「それが、井戸ですか？」

「あ、はい。そうです」

「せっかくここまで来たのですから、穢れがないか、見てみます」

「はい、よろしくお願いします」

井戸のある部屋は、行き止まりではなかった。通路はまだ先につづいている――いや、とファルバーンは周囲を見て認識をあらためた。

――三方向に、通路が伸びている。

それがどこに通じているのかに、少しも興味がなかったといえば嘘になる。だが、ここに来たのは迷宮を踏破するためではない。彼は、井戸に注意を向けた。

井戸水を汲むための仕掛けは滑車と綱、そして桶という単純なものだった。綱と桶は、どうやら新しい。第二皇子の管理下に入ってから交換されたに違いない。滑車も新しいのかもしれないが、薄暗くてよくわからなかった。

ファルバーンはその新しい桶を中に落とし、水を汲み上げた。

水音がするまでの時間から、水面がずいぶん低いことがわかる。引き上げにも、それなりの時間がかかった。

そうして井戸から水を汲んだ桶を床に置き、ファルバーンはその前に跪いた。アルサールの掲げる灯火が水面に揺れ、反射する。

水に手をふれる必要はなかった。彼は眼を閉じ、ただ集中した。

浄化の恩寵は、彼の人生とともにあった。それは不浄を感じる力と対になるものだ。

その力の使いかたを教え、みちびいてくれる存在はなかった。

子どもの頃はもう、感じればすぐ浄化する、そんな有様だった。どういう方法でとか、そんなことを考える余地すらなく、彼は浄化をなし得た。左足を出したら次は右足を出して歩くようなものであり、あるいは息を吸ったら吐くようなものでもあった。

当時は穢れの量も少なかったが、彼の恩寵の力も薄かった。頑張り過ぎて、たまに頭痛がしたり、足下がふらつくこともあった。

成長する過程で、これが誰にでも起きていることではないと知り、世の中で恩寵と呼ばれる能力だと気がついた。その頃には、彼はもう用心深くなっていたから、誰にも悟られないようにした。

力の使いかたを意識しだしたのは、それからだ。

感じることと浄化することを分離する。当初、それは困難に思われた。だが、できるようになってしまえば簡単だった。

要は、右足を出す前に考える。それだけだ。

きりがないのだ。殊にアルハンの水は穢れが強かった。自分にできる限りの浄化をしても、穢れはすぐに滲《にじ》んでくるものだった――以前なら。

――だが、今は違う。

もっとも穢れが濃くなりやすいアルハンでさえ、水は清浄だ。

その事実は、ファルバーンの胸を圧迫した。喉が詰まり、言葉が出なくなった。

「……ファルバーン殿？」

彼の沈黙を不審に思ったのだろう、アルサールが屈み込んだ。はっとしてふり仰ぎ、角灯をまともに覗いてしまったファルバーンは、まばゆさに眼をしばたたいた。

おかげで、息ができるようになった。

「なにも、ありません」

答えた声は、少しかすれていただろうか。それでも、口調は冷静だったと思う。自分では。

「大丈夫ですか？」

「大丈夫です。この水は、清浄です」

「いえ、そうではなく……ファルバーン殿が」

「殿扱いは勘弁してください。わたしはただの——なんの身分もない人間です」

苦笑して、ファルバーンは身を起こした。

——自分には、なにもない。

はじめから、そうだったではないか。国もない。故郷と呼べる土地すらない。

——なにを今さら。

うっすらとした絶望が、ファルバーンをとりまいていた。なにか半透明の膜のようなものに覆われている気分だ。

その膜の向こうから、アルサールの声が聞こえた。

「俺もそうです」

「アルサール殿は、ご身分がおありなのでは？」

まさか、とアルサールは苦笑した。

「今の正確な身分は、皇女殿下の私兵といったところです」

「私兵？」

「個人的に、姫様にお仕えしています」

それはわかるが、なんだか納得がいかない。

アルサールは北嶺人だが、やたらとヤエトに懐いている一派のひとりでもある。その彼が、ヤエトに雇われるならともかく、皇女の配下になるとは。

――いや、もともと皇女は北嶺王だから、配下ではあったのか……。

なんとなく、しっくり来ない。北嶺を飛び出すなら、皇女ではなく、ヤエトのところに行くのではないか、と思ってしまう。

もちろん、行ってどうするという話なのはわかっている。今の尚書卿は、人を雇い入れたりする状況にはないだろう。アルサールが皇女の私兵になっているという事実が、その裏付けだ。

「失礼ながら……どういったお仕事を？」

「今、やっているようなことですよ。姫様のために鳥を選び、北嶺から借り出してくるといったことを、承っています」

「北嶺は天領扱いだと聞きました」

「そうですよ」

「皇帝陛下のご命令でなければ、鳥での移動は難しいのかと考えていました」

ああ、とアルサールは笑って答えた。

「今の姫様は、そうですね……皇帝陛下直属の遊撃隊みたいなお立場でいらっしゃる、と申し上げればわかりやすいでしょうか？　北嶺王ではなくなられたからこそ、陛下の御用をつとめられるようになったというか……そういう名目で、自由になさることが認められている、というか」

自由といっても、ある程度の範囲ではありますが、とアルサールは言葉を添えた。

次いで、質問を返してきた。

「ファルバーン殿は、今はどちらにお仕えを？」

「どうか、ファルバーンと。わたしの気もちとしては、尚書卿にお仕えしているつもりです」

曖昧な答えにしかならなかったが、アルサールはそれで満足したらしい。

「では、以前とお変わりないのですね」

「そういうことに……なると思います」

「俺のことも、アルサールと呼んでください。……おい、飲み過ぎるんじゃないぞ？」

大きめの桶に水を移し替えたとたん、鳥たちが頭を突っ込み、水が飛び散った。

——これも、事前に用意したものだろうな。

何年も放置されていた道具のようには見えない。

「北嶺は——」

なんとなく口をついて出た言葉だったが、そのままつづけるべきか、ファルバーンは少し迷った。

アルサールが、井戸から水を汲みながら問い返す。

「なんです？」

「いや――北嶺は、その後、どうなっているのかと。尚書卿が姿を消された後に、博沙に着いて……それからずっと、動けないままだったので。状況がわからなくて」

ああ、とアルサールはうなずいた。

「叛乱があったなんて、嘘みたいな感じですよ。びっくりするほど、なにも変わってないです。皇帝陛下の直属の部下が来るわけでもなくて。結局はエイギル殿か、姫様の騎士団の誰かが面倒をみていますね」

たしかに、それはびっくりだ。そもそも、なんで叛乱なんか起こしたんだという話になる。

「あまり変わってないなら、よかった……といっていいか、わかりませんが」

「犠牲も少なくて済んだみたいですし、たぶん、よかったんでしょうけど……叛乱なんかなければ、もっとよかったですよね」

少なかったとは、失われた命があったということだ。こういうのは、何人死んだという数で軽重をはかれる話ではない。

慎重に、ファルバーンは答えた。

「そうですね。……無責任な感想でしかありませんが、ほんとうに、そう思います。北嶺と、叛乱という言葉が結びつかなくて」

「まったくです。俺も、移動していることが多かったせいか、北嶺の状況がわかってなかったんですよね。だから、信じられませんでしたよ。まさか、って。うまく、受け入れられないまま北嶺を離れて……戻ったときには、終わっていて。なんだか変な夢でもみたんじゃないかって気分で」

アルサールは関与していなかったらしい。

——それもそうか。

少し考えれば、わかることだ。叛乱を起こした側だったら、尚書卿やレイランドとともに博沙にいたりはしないだろうし、今こうして皇女の私兵にもなっていないだろう。

「そういうことがあったのは、理解してるんです。けど、うまく考えられなくて」

「すみません。軽々しく、訊いてしまって」

「いえ、姫様には訊けないですよね」

苦笑混じりに答えて、アルサールは水を注いだ。その流れに鳥が頭を突っ込み、飛沫が飛び散る。

うわ、とアルサールが叫び、ファルバーンもあわてて一歩下がったが、その程度ではどうにもならなかった。あたり一帯、水浸しだ。

「おまえー、わざとだろう！　わざとやったな！」

鳥を相手にしているときのアルサールは、遊び友達とふざけている少年のようだ。

鳥の方も、そういう気分なのだろう。思いきり羽毛をふくらませて、頭をふるった。当然、追加でまた飛沫が散る。

小鳥ならともかく、相手は巨鳥である。かなり、洒落《しゃれ》にならない。

「……すみません」

「ああ、いや……水浴びがしたかったのでしょう」

「そんなかわいい顔しても、ごまかされないぞ。わざとだろ!?」

——かわいい顔……。

鳥は小首をかしげている。せめて半分くらい、欲をいえば十分の一くらいの小ささなら、かわいいと表現してもいいのかもしれない。だが、この大きさだ。兇悪な嘴と鋭い爪を意識せざるを得ないし、黄色い眼のかがやきは、獲物をみつけた狩人そのものではないか。どこがかわいいのか。

彼にとって、鳥とは、なにを考えているかわからない不気味な存在だ。

この意見を受け入れてくれる者がいないことは、わかっている。少なくとも、今回行動をともにすることになった面々——皇女、伝達官、アルサールの三人が同意してくれることはない。

絶対に、ない。

だから彼は、黙って受け流すしかなかった。かわいい……ないない、それはない、と思いながら。じゃれあっているアルサールと鳥たちを見ていると、水をかぶった方の鳥が、くわっ、と嘴を開いてこちらを見返した。頭を食いちぎられそうな迫力がある。どうも敵意を向けられているような……と思って、はたと気がついた。

——ああ、叛乱の話なんか持ち出したからか。

アルサールが落ち込んだのが、鳥に伝わったのだろう。鳥にしてみれば、なんだおまえアルサールをいじめるのか！　……と、いう流れに違いない。

——水をかぶったのも、アルサールの気分を変えさせるためか。

おいおい、とファルバーンは思った。

——賢いじゃないか。そのへんの人間より、ずいぶんできるじゃないか。

やるな化け物、という想いをこめて鳥を睨み返すと、鳥は嘴をかちかちいわせはじめた。くわっと開かれるのもずいぶん物騒だが、かちかち鳴らされるのもたいがいだ。

ファルバーンは、わりと真顔でアルサールに申し出た。

「そろそろ部屋に戻りませんか」

「あ、はい。あと、この水筒に水を注いだら」

「それ、やっておきます。鳥たちが興奮しているようだし、宥めてやってください」

「すみません」

気にするなと手をふって、ファルバーンは水桶を手にとった。

水は、どこまでも清らかだった。全身で感じた——もはや、穢れなどどこにもなかった。

——救い主様は、預言を遂げられたのだ。

とっくに知っていたはずなのに、水を汲んでいる今、なぜかその事実がファルバーンの胸に迫って来ていた。

ヤエトは世界を救ったのだ。とめどなくあふれ出る破滅の予兆も、なにもかもを消し去った。

だというのに、自分はなにをやっているのだろう。

口の端が、かすかに上がるのを覚えた。

——水汲みだな。

なるほど分相応な仕事だった。

5

水汲みから戻ると、皇女がはりきっていた。

「次はわたしと伝達官が行ってくる！」

どこへだよ、と訊きたくなる勢いだ。水を飲んだり顔を洗ったり、まぁ厠も済ませてくるのかもしれないが、なんにせよ、こんなに表情をかがやかせるような作業ではないのではないか？

アルサールも同じ気もちなのだろう。眉根を寄せてから、鳥に尋ねた。

「姫様は、なにを目論んでおいでなのか？」

「……アルサール、それはずるい。クラル、教えるな！」

「ひとりで探検？　伝達官はどうせまけないから巻き込む？　なるほど？」

アルサールの語尾がすべて上がっているのが、面白い。面白いといっていいのかわからないが、率直にいって、それがはじめの感想だ。面白い。次の感想が、これだ。

――皇女は馬鹿なのか？

さすがに口にはできないし、表情にも出せない。

「俺と鳥たちをごまかせると思ってらしたんですか？」

皇女の扱いにかけては、アルサールはなかなかの上級者なのではないか。決定的な罵倒語を避けながら、上から目線で馬鹿にしきった問いである。

うまいなぁ、とファルバーンは思った。

ここで自分はどうすべきかについて、考えた。一瞬だけである。あまり考えてもどうせ意味はない。

最初の感想に正直にふるまうことに決めた。

「なるほど。では、わたしが留守番をつとめましょう」

探検への出発を後押しする発言だ。しかも、自分は巻き込まれずに。

アルサールと伝達官が嫌そうな顔をした。アルサールはともかく、伝達官のこの表情。

――なかなか珍しいものを見た気がするぞ。

転じて、皇女の方はというと、実に生き生きしている。味方を得たと思ったに違いない。

味方といえば味方だが、無責任に面白がっているだけなのにと思いながら見返していると、凄い返しが来た。

「いや、こうなったら全員で行こう！」

あっという間に、嫌そうな顔の仲間入りをすることになってしまった。

なぜか得意げな皇女を三人で囲んでいるわけだが、どうして誰も止められないのだろう。おまえが止めろよ、いえあなたが、でもどうやって、と視線をかわす男たちを置き去りに、皇女は話を進めていく。

「鳥たちも飛びたがっているそうではないか。奥に、もっと広い場所があるのだろう？」

――鳥を懐柔しにかかった！

鳥たちは、最強の味方だろう。アルサールは鳥第一に決まっているし、ファルバーンは鳥に逆らえない……命が惜しいからだ。

そして、鳥は飛ぶのが大好きだ。彼の理解が間違っていなければ、一も二もなく探検に賛成するだろう。暗闇で歩いたり水浴びしたり丸くなったりするより、飛べる方が楽しいに決まっている。

アルサールの表情を見れば、鳥があっさり皇女の味方になったのがわかった。

鳥は二羽いる。これで三対三だし、アルサールはもはや鳥側といっていいだろう。偏見かもしれないが、たぶん間違ってはいないはずだ。

「……しかたないですね」

予想通り、はじめに折れたのはアルサールだった。伝達官が、それにつづいた。

「そうですね」

どうせ皇女には逆らえないのだろうとは思っていたが、同調するのが早い。早過ぎる。

諦めていないのはファルバーンだけ、と思われかねない状況だ。諦めるもなにも、自分は無関係をつらぬきたい。

「行ってらっしゃい。ご武運を」

その姿勢を示したところ、皇女に不審げな視線を向けられた。

「いや、武運はいらぬであろう？　それに、そなたも行くのだぞ」

「拠点とすべきこの部屋を守るのが、我が使命と心得ます」

もっともらしくいってみたが、伝達官に否定された。

「守るべきは皇女殿下の御身であって、この場所ではありませんし、戦力を分断すべきでもないでしょう。ある程度、食料を持って行きましょう」

「いや……だから。戦力の必要はないと思うのだが？」

皇女の疑問に、伝達官は真面目に答えた。

「万が一を考えずに動くことは、できかねます。ご納得いかないようでしたら、こちらでおとなしくしていただくしかありません」

皇女が凄い勢いでうなずいた。

「そうだな、戦力の集中は重要だな！」

「おとなしくするという選択肢は、ないんですね……」

ため息混じりのアルサールに、皇女は曇りのない笑顔を向けた。

「そんなもの、あるはずがなかろう」

全員が、消極的に納得した。つまり、ため息の三重奏である。

皇女はそれを聞かなかった風を装っていた。三人一斉に吐いた息に気づかないはずもないが、そういうふりをしたいのだろう。本人も、自分の思いつきが歓迎されていないことは承知の上。ただ、それを意に介さない姿勢を示した、というわけだ。

伝達官とアルサールは、偵察を出すべきかについて話し合っていたが、結局は、全員で移動することになった。

道順がわからなければ、皇女も諦めただろうか。

——いや、道がわからなければ、一層はりきって探検に出かけるだけか。

どう足掻《あが》いても、奥へ行くしかないのだろう。

一同は荷物をまとめ、アルサールを先頭にして移動をはじめた。次が鳥、皇女、ファルバーン、鳥、伝達官……という並び順だ。

道を知っている者がそれぞれ先頭と最後尾をつとめるのは、前後どちらにでも移動しやすいようにだろう。広間までの道は狭いから、縦一列以外に隊列の組みようがない。

鳥に挟まれるのは嬉しくなかったが、これもどうしようもなかった。留守居という役目をもぎ取れなかった以上、避けられないことだ。皇女の護衛を拝命した覚えもないのに、なぜかそういう位置になってしまうのも。

移動のあいだ、一行は無言だった。これは、出発時に伝達官がそう申し渡したからだ。

「無駄な音をたてぬよう、お気をつけください」

「わかった」

「うるさくなさった場合には、すぐに、お戻りいただきます。絶対にです。そして、この散歩に二回目はありません」

「うるさいかどうかの判断は――」

「判断はわたしがいたしますし、異論は受けつけません」

伝達官は、意外なほど強い語調で宣言した。

「横暴ではないか？」

「賢明と表現していただく方が実情に即していると思いますね。この一帯の安全は確保してあるはずですが、なにごとにも絶対はあり得ません。偵察を出さない以上、我々全員が斥候としてふるまう必要があります。それがおできにならないのでしたら、殿下は無名の弱卒どころではありません。考えのないふるまいをなさる、高貴なお客人、という位置づけになります」

――ふっきってる。

伝達官は、皇女をただおとなしくさせることは諦めた。探検しに行きたいなら、そこまでは譲る。だが、この先は譲れない――と明言したのだ。

彼に与えられているに違いない使命――皇女を危険から匿い、時が来たら無事に都に送り届けるという目標を達成するために、必要なことと判断したのだろう。

「……わかった」

それで、移動は無言になった。

皇女は楽しみにしているようだが、ファルバーンは気が重い。行く先は、あの場所——王宮の穢れを捨て、それを引き受ける犠牲の子が育つ暗闇である。

おそらく、一行の中でファルバーンだけが、そういう意味であの場所をとらえている。

——あるいは、この世に生きている人間の中では……かもしれない。

自分だけが背負っていかねばならない、自分には責任のない罪。

王族としてアルハンで暮らした記憶がなくとも、それはそれ、これはこれだ。生贄《いけにえ》を飼っていたのは、彼の一族なのだ。

ヤエトなら、これも歴史だというだろうか——そう考えると、なぜか少しだけ気分が軽くなった。

あの声が聞こえてくるような気がして。

きっとヤエトなら、と彼は想像をつづける。

——知らないことは、知っていけばよいのです……とでも、おっしゃるだろうか。

だが、自分以外のすべての元王族がいない今、なにをどう知ればよいのか。

——難問だな。

城に仕えていた者を訪ね歩いて、聞き出してみるか？　故国を滅ぼした王の子として罵倒され、呪われながら？

そこまで考えたところで、アルサールの声がした。

「着きました」

たしか、通路が開けた場所に突き当たった時点で、不意に床がなくなっていたはずだ。念のため、ファルバーンは皇女の腕をとった。

「なんだ」

「飛び出されませんように。落ちます」

目の前で皇女に落下死されたくはないし、そんなことが起きたらファルバーンも命はない。死罪間違いなしだ。

「……そこまで馬鹿ではないぞ」

「馬鹿でなくとも、急に床がなくなれば落ちますし、無駄口を叩くと即座に散歩は終わりだそうですよ。悲鳴など、論外でしょうね」

すぐに、皇女は口をつぐんだ。よほど探検したいらしい。

「様子を見て参ります。わたしが戻るまで、じっとしていらしてください」

アルサールが鳥に騎乗する気配に、なるほど、とファルバーンは思った。伝達官ではなくアルサールが先頭なのは、まず鳥で下に降りて偵察するためだ。

かつてここに来たときは、いささか心もとない金具や縄に命を預けねばならなかったが、今回は鳥がいる。さほど夜目がきかないといっても、前回よりはずっと安全だろう。

「ファルバーン、姫をたのみます」

「わかった」

答えながら、いや――と、思う。

――あのときは、しるべの星がいた。

未来知の神、ターンの預言者である彼女が案内するのだ。ともに行く運命とされた者は、無事に進めるに決まっている。少なくともヤエトは、彼女に安全を保証されていたはずだ。

ファルバーンは、そうでもなかった。この先の未来で、預言者の視界にいないといわれた。

だから、道を分かってもかまわないと。真源でも、彼の母が姿を消した先でも、行き先を教えるから好きなところへ行け、と――たしか、そんな風な宣告を受けた。

――もう、記憶が曖昧になっているな。

おどろくほど、あのときのことをうまく思いだせない。きっと、思いだしたくないのだろう。救い主の未来に不要な存在だと申し渡されたも同然だったのだから。

――もう、いらない存在なのだ。

「ファルバーン」

ひそめた声で皇女に呼ばれ、はい、と彼は返事をした。

「なにか？」

「前に来たときは、鳥がいなかったのだろう？　どうやって降りたのだ」

真っ暗だ、と皇女はささやいた。

アルサールは角灯を持って行ってしまったから、ここにあるのは、後ろに控える伝達官が持っている角灯の光ひとつ。そんなものでは、この広大な空間を照らすことはできない。せいぜい、少し先で床が消えているのがわかるだけだ。

「金具と、縄を使いました」

「ヤエトがそんな手段でよく降りられたな」

「ジェイサルド殿が抱えて……いや、たしか括りつけていらしたような」

「ジェイサルドめ。またそんな役得を」

なにが役得なのか、真剣にわからない。

「今回は楽に降りられるでしょう」

「伝達官とアルサールが、降りてもよいといってくれればな」

ふん、と鼻を鳴らした皇女を、背後から低い声がたしなめた。

「ご不満でしたら、もう戻りましょうか。ここまでだって、ほんとうは来るべきではないのです」

「べきだのなんだの、知ったことか。わたしは、閉じ込められるのは飽きた。都でだって、もう何日も狭いところにいたのだぞ。心の底から飽き飽きだ。こんなことなら、連絡があるまで、ずっと沙漠を飛びまわっている方が楽だ」

「姫様が楽でも、鳥たちは楽ではないでしょう」

「鳥たちだってそうだ。こんな地下に――」

「お声が大きいですね」

皇女は黙った。それから、口の中でつぶやいた。

「……この先に行けぬのなら、いっそ地上へ戻るか」

「地下は息苦しいですね」

ファルバーンが低く応じると、皇女は彼を見上げた。闇の中で、金の巻き毛がひらりと揺れる。

――風が、通っているな。

鳥が羽撃いたせいか、あるいはもともと空気の通り道があるのか。

「そなたは地下が怖いのか？」

「地下というよりは、この場所が……でしょうか」

答えて、ファルバーンは口を閉じた。

さらに大きく風が動き、羽撃きの音がした。アルサールが戻ったのだ。

翼を広げた巨鳥が、光の範囲に姿をあらわす。黒い羽毛は紫か碧《みどり》を帯び、艶めいて見えた。

「広間には、なにもいないようです。ひとりずつ、下へ運びます。ファルバーン、あなたから」

「ふたりずつ乗って降りればよいであろう？」

皇女の問いに、アルサールは無表情に答えた。

「失礼ながら、ここまで暗いと姫様にはまかせられません。鳥たちも、自信をもって飛べるとは思っていないでしょう？　わかりますよね。俺がやります」

「しかし――」

「俺がやります。ファルバーン」

ファルバーンは歯噛みする皇女の手をはなし、前に出た。暗闇の中を降下するのも、下でひとりで待つのも、どちらもぞっとしない役回りだ。しかし、ほかに選択肢がない。

「伝達官殿は、クラルと待ってらしてください。最後に、俺がクラルに乗り換えます。伝達官殿には、こちらのファーガホに乗っていただきましょう。何往復かしたら鳥も慣れますから、伝達官殿におまかせしても大丈夫になると思います」

「わかりました」

「わたしが残る」

皇女が口を挟んだが、伝達官とアルサールはそれを無視した。当然だろう。さいごに残るとは、上の階層で暫くひとりになるということだ。

アルサールはファルバーンに騎乗をうながした。

「前に乗ってください」

「視界がふさがりませんか」

「どうせ、見ているわけではないですから」

じゃあどうやって乗ってるんだと訊きたいところだが、そういえば空気の動きがどうとか話していたから、そういうことなのだろう。どういうことか、理解できた気はしないが。

――いやでも待てよ。視界どころか、空気の流れも遮ってしまうのでは？

しかし、アルサールは平然としている。ファルバーンも腹を括るしかなさそうだ。

「よろしく」

ファルバーンは慎重に鳥にまたがった。鳥に乗るのは、馬より少し難しい気がする。慣れの問題なのかもしれないが。

アルサールが彼の後ろから手綱を握り直した。

「伝達官殿、クラルが追って来ないよう、しっかり押さえていてください」

「わかりました」

追って来ないように面倒をみるべきは、鳥ではなく皇女の方なのではないか。たぶん、そういう意味で念押しをしているのだろう。そのまま言葉にすれば、皇女の反発は必至である――と、そこまで考えてファルバーンは苦笑した。

自分も、ずいぶん皇女の反応を読めるようになってきたではないか。

鳥がふわりと空に浮かび、そしてすぐに降りはじめた。急降下とまではいわないが、かなり急激な動きである。声をあげるのを堪えるのが、やっとだ。

なにも見えないから、広さも深さもわからない。距離だけでなく、時間もうまく把握できなくなる。大した距離でもなければ、さほど時間が経っているはずもないのだが、理性で自分を抑え込んで、そう考えようとしているだけだ。

ほんとうは、自分自身の輪郭が崩れ、闇に溶けだしていくように感じていた。

ファルバーンを現実に繋ぎとめているのは、鳥の体温だ。それから、なんとなく日向《ひなた》っぽい匂いと、羽毛の感触。背後にいるはずのアルサールの気配は、不思議なほど薄かった。鳥と一体化してでもいるのだろうか。

くあ、と鳥が鳴いた。

気づけば、広間の底だった。ぼんやりと明るいのは、最初にアルサールが角灯を置いたのだろう。その淡い光のおかげで、ファルバーンは輪郭をそなえたひとりの人間に戻っていた。

「降りられますか？」

アルサールの問いに、独力で地面に降り立つことで答えた。多少、脚がふるえている気もするが、立つのに支障が出るほどでもない。

「灯りを目印にするので、少しだけ離れて立っていてください」

「わかった」

「では」

鳥は翼を広げ、一歩、二歩、とその力強い脚で前に出ながら空気を叩くように羽撃いて——もう視界から消えている。

あとには、暗闇と弱い灯りだけが残った。それと、ファルバーンもだ。

灯火から少し距離をとるべく後ずさると、もうやることがない。角灯の光と闇の狭間で、床に描かれた文様が曖昧な輪郭をあらわすのを眺めながら、以前もこれを見たな、と思いだした。

あのとき、灯火を持つ預言者の確信に満ちた歩みを見て、ターンの預言者であるとはこういうことか、と感嘆したのを覚えている。未来を知り、信じて行為することの凄みを、はじめて実感した。

そうなってから、告げられたのだ。彼女の知る未来には、ファルバーンの姿がない、と。

今、思いだしたい話ではないなと思った。だが、今だからこそ、記憶が騒ぐのだろう。

ひとりで待つのはどうも心細くて、このまま誰も来ないのではないかとまで思ってしまう。

——兵票すら持たない、食客ではな。

階級どころか、所属もない。故国もなければ、家族もない。身許を引き受けてくれそうなのはヤエトくらいのものだし、そのヤエトは寝込んだままだ。

今の自分は、どこの誰でもない。はじめから、ここにいるのにいないようなものだ。

——いや、今そうなったのではない。もっと前からだ。

そもそものはじめから、自分は透明な影のようなものだったのだ。なにもかも、今さらだ。

あらためて絶望する必要もないのだと考えていると、鳥が戻って来た。

——あんなにやわらかに、着地できるんだな。

乗っていたときには気づかなかったが、こうして見ると、ほんとうに流れるような動きだ。美しい、と思わされるような。

ひらりと地面に降り立つ皇女の動きもまた、美しいと表現してもよさそうだった。

芯のある動きは美しい、とファルバーンは思う。ぶれない、正しい、強い。どう呼んでもいいが、そういった特質のあるもの全般を、彼は美しいと感じる。

「暫しお待ちください」

鳥に乗ったまま、アルサールはファルバーンの視線をとらえ、うなずいた。

——どこかに突っ走って行かないように見てろ、という意味だな。

そういう方面には、皇女は信用ならないということだろう。ファルバーンが彼の意を汲んだと見てとると、アルサールは視線をほどいた。同時に、鳥が翼を広げる。

さっきと同じだ。わずか三歩でその巨体は浮かび上がり、闇に紛れて消えてしまう。空気がざわついて、広い空間に羽音が反響する。そこかしこに音が波立つせいで、鳥の位置はわからない。

「おい」

「はい？」

「なぜ、わたしの腕を摑んでいる」

「子守りの経験がありまして」

「あ？」

皇女の声が、険悪なほど低くなった。

「子どもというのは、なんの前触れもなく駆けだすものなのです」

「誰が子どもだ」

「さあ？」

大きく息を吐いて、皇女は反論した。

「わたしは子どもではない。不意に駆け去ったりはせぬ。安心して手をはなすがよい」

「ほかのかたが来るまで堪えていただければ、とても助かります」

皆が来てからなら、皇女がどこかに姿をくらまそうが、ファルバーンひとりの責任ではなくなる。そこまでは確保しておきたい。

「……わたしは信用がないのだな？」

「皆様の雰囲気から、そういう結論に達しました」

あくまで、信用していないのは伝達官とアルサールである、と伝えた。

皇女は再度、大きく息を吐いた。

「そなたは、ヤエトに似ておる。少し」

またか、と思いながらファルバーンは答えた。

「身にあまるお言葉です」

「そういう扱いを受けたことがあると思って考えてみたら、ヤエトだった」

「どういう？」

「自分は責任を負いたくないから、誰かほかの者にどうぞ、という扱いだ。はじめの頃、ヤエトはだいたいそんな感じだった」

はあ、としか返事ができない。

——そもそも、救い主様は、どうしてこのお姫様の副官にされたんだ？

代官の奥方が書いた芝居の筋書き通りなら、皇女との出会いは北嶺である。太守として赴任した皇女に君主としての心構えをとき、善導をほどこした……はずであり、責任を負いたくないから誰かにどうぞ、という場面などなかったはずだ。

あの芝居をそのまま信じるのが愚かしいことはわかっているが、紆余《うよ》曲折があったのだろうとは、考えたことがなかった。

「最近は、どうなのです」

「最近？」

「わたしは、久しく殿にお会いしていないので。都から博沙に来てみれば、尚書卿が消えたと大騒ぎで……そのままです」

皇女は眉を上げた。床に置いた灯火の光は弱く、皇女の輪郭をかろうじて闇から切り分けている程度だが、それでも表情は読み取れる。意外、という顔だ。

「そうだったのか。……では、ヤエトが……加減がよくないことは、知っているか？」

「それは知らされました。人事不省、と伺っています」

「うむ……そうだな、人事不省といえばいえるが、その割には報告書も書いて寄越すし」

――報告書？

今度は、ファルバーンが意外そうな顔をする番だ。だが、皇女は彼の方を見ていない。自分の想念の内側を覗き込んでいるかのようだ。

「そこまでは、義務だと思ったのだろうな。報告書が一通。以後は、文《ふみ》をやっても返事すらない。読んでいるのかどうか……。ジェイサルドには面会を断られるし、わたしも会ってはいないのだ」

「それほど、お悪いのですか」

いや、と皇女は首を左右にふった。

「体調の方は、落ち着いたらしい。ただ、心がな」

皇女はそこで言葉を切った。つづけるつもりは、なさそうだ。ファルバーンも、先をうながすことができなかった。

押し黙ったふたりのもとに、やがて二羽の鳥が舞い降りた。

「お待たせしました」

伝達官が、皇女の隣に立つ。地の底に降り立ったはよいが、この先どうすべきかを案じている風だ。

一同は、暫しその場に立ち尽くし、奥深い暗闇の圧力を感じた。

――動いた方がいいな。

はじめに降りたからこそ、ファルバーンはこの暗闇が及ぼす影響をもっとも強く感じていた。このままでは、気もちが落ち込むばかりだ。

皇女が気落ちすると、それが鳥たちに伝播《でんぱ》する可能性もある。

少なくともついさっき、心が、と言葉を止めた時点では、皇女の気もちは大いに沈んでいただろう。そんなことは、なんら特殊能力がなくてもわかる。鳥が一緒に落ち込むならともかく、その原因をファルバーンに求められても困る。

——お姫様には、それなりに上機嫌でいてもらわねば。

この散歩で、皇女の気もちが上向くようにすべきなのだ。

はじめて目的意識が明確になったのはともかく、いささか遅きに失した気もする。鳥たちの視線を痛いほど感じながら、ファルバーンは申し出た。

「ここに来るのは、はじめてではありません。前と同じ道でしたら、ご案内できます」

「道？」

まず伝達官が、次いで皇女が疑義を呈した。

「道などあるようには思えぬが」

「ございます」

「なに？」

「前回、わたしは預言者の後について歩いただけですが、預言者が行き先を定めた方法はわかります。床の文様は、沙漠の古い文字。祈りの言葉を辿れば、正しい場所に通じます。それが、道なのです」

「なるほど、異教の徒にはわからぬな」

ファルバーンは、神の救いを信じるわけではなく、祈りの効能にも疑念しか抱いていない。だが、知識としては知っている。祈りの言葉を綴る、文字文様を見分けることができる。

「それは、どこに通じるのですか？」

当然の質問をしたのは伝達官だ。

「この広い空間を突っ切って、もっと地の底に潜る道へ……。ただ、前回いろいろと崩れたりしていますから、もう入れないかもしれません」

説明しながら、あの抜け道に入ることはできないだろうな、と思う。もし、どこへ繋がるともわからない道が残っているなら、第二皇子はこの場所に皇女を隠したりはしないはずだ。危険過ぎる——皇女が探検をはじめるに違いない、という意味で。

「地の底には、なにがあるのだ？」

記憶からよみがえった預言者の声が、皇女の問いに答えた。

——これが真源に通じる道。

真源とは、アルハンを潤した豊富な、しかし穢れを含んで浄化が必要な水の源のことだ。そして、アルハンの最後の王が籠ったと伝えられる場所。

だが、かれらは行かなかった。

「……我々が通った範囲には、特段のものはありませんでした。それに、申し上げたばかりですが、その道には入れない可能性が高いと思います」

「ふむ。まぁ、ここでただ立っているだけではつまらぬしな！」

皇女は乗り気である。考えこんでいる伝達官に、ファルバーンは自分の提案の利点を示唆した。

「ただ、間違いなく往復はできます」

どこへ行くかよりも、この場所に戻れること。それが、重要だ。

「なるほど」

伝達官の態度から察するに、ここまで来たということで皇女を満足させ、その先へは行かせないつもりだったようだ。しかし、皇女が満足するかどうかでいえば、しないだろう。行けるところまでは行かせてやらないと、逆に面倒なことになる。そして、行くなら戻る必要もあるのだ。

ファルバーンの案は、伝達官にも妥当だと判断されたようだ。

「わかりました。では、案内をお願いできますか」

「その道に入ればよいのだが。そうだ、鳥に乗るか？」

淡々とした伝達官に比べ、皇女はずいぶんと前のめりである。

「いえ、地面が遠いと文様を読み取るのが難しくなりますし、わたしは徒歩で」

「そうか？　鳥の背からでも、意外に見通しは悪くないがなぁ」

「明るければともかく、こんなに暗くては難しいでしょう」

そもそも、ファルバーンは鳥に乗りたいわけではないし、皇女との接触を増やしたくもない——が、この話の流れだと、絶対に皇女はファルバーンと乗りたがる。文字文様のどこをどう見分けているのか興味津々で覗き込むはずだ。

勘弁してほしい。

「とにかく、わたしは歩きます。ほかのかたは、ご自由にどうぞ」

「歩こう。鳥に乗っていては、追い越してしまう」

伝達官が、異論を挟めない勢いでそう宣言したため、全員が歩くことになった。

察するところ、皇女を鳥に乗せたらどこへ突っ走るかわからないからだろう。徒歩なら、追いつくのは簡単だ。皇女より歩幅が狭い者は、この場にいない。

それを指摘すれば、皇女は機嫌が悪くなるのだろうなと思いながら、ファルバーンは角灯を手にした。

掲げるのではなく、ただ提げて。足下をしっかり照らし、文字文様を辿る。

沙漠の古い文字を知らない者には、ただの装飾に見えるだろう。たとえば、博沙の砦にあった飾りのように――それっぽい文様を真似して描く者が出る程度に、これは魅力的な意匠でもあるのだ。

だが、その本質はやはり文字であり、言葉であるはずだ。

祈りはすべて、神に届けるためのものだ。

どんな祈りも儀式化されれば純粋さを失い、形ばかりが残ることになる。彼の故国は、そのうつろさに耐えかねて崩壊したのだと、ファルバーンは思っている。

しかし、形には強さがある。時代の変化にも耐える力がある。

特定の姿を持たないその本質より、形の方が、はるかに強いともいえた。

神の名が失われ、祈りが完全に途絶えたとしても、この文様だけは残るかもしれない。どんな神を相手に、誰がなにを祈っていたか。そうした祈りの本質は、完全に消え去っても。

ただこの文様だけが残るのだ――不思議に魅力的な、美しい形として。

「その、地下へ通じる道というのは、どのようなものなのだ？」

「狭くて、暗かったですね。ああ……階段がありました」

――国王陛下がお籠りになられた場所でしたら、この先に入口があります。

記憶にない父。記憶にはあっても、遠いひとだった母。どちらも、どうでもよかった。どうでもよいはずなのに、それは嘘ではないのに――それでも、完全に思い切ることもできなかった。

――お父上が籠られた場所も、お母上の居場所も、わたしはお教えできます。

預言者の声は、地下の空気よりもひやりとしていた。どこまでも平板で、静かだった。

「ヤエトがつまずきそうだな」

「ジェイサルド殿が、ご一緒でしたから」

それですべてが説明できるという気もちで答えたところ、皇女にも通じたようだった。

「なるほど、それなら安全だな。道案内が預言者で、ジェイサルドが護衛ならば、盤石であろう」

「はい」

ファルバーンもその場にいたが、いてもいなくても同じだった。

来る必要はない、と告げられたのだから。

それなのに、あのとき彼女が辿ったのと同じ文字、同じ祈りを、ファルバーンは追っている。

なんだか不思議な気分だ。

「けっこう距離があるな」

退屈なのだろうか。また、皇女が話しかけてきた。

——迷惑な。

喋りながら祈りの文字を辿ると、混乱して間違うおそれがある。

神経を尖《とが》らせて床を眺め、間違いがないように角灯を寄せて確認したそのすぐ横を、皇女が飛び跳ねた。道案内されるつもりがないのだろうか。先行しようとする皇女に、伝達官が声をかける。

「姫様」

「だって、遅いではないか」

皇女のその言葉に、ファルバーンは苛立ちを覚えた。

文字文様を確認しながらなのだから、遅くて当然である。所詮、ファルバーンの知識は薄っぺらなものだ。呼吸するように祈りと一体化できる人々とは、違う。

これが遅いと不満なら、どうぞご自由に、と放り投げたい気分だ。なんなら、ほんとうに角灯を投げてもかまわない。

このまま闇の底で死んでしまっても——それはそれで、穢れを背負って贄となった子らへの鎮魂として、意義のある結末といえるかもしれない。

最後の王子は、この国のはじまりの場所で命を終えたのです、と。物語の締めくくりとしては、悪くないではないか。

皇女や伝達官のことは、さほど心配しなくてもよさそうだ。アルサールと鳥たちがいれば、なんとかなるだろう。なにしろアルサールときたら、この暗闇の中でも空気の動きかたで地形がわかる、みたいなことを口走っていたのだし。

――深呼吸だ、深呼吸。

不自然でない程度に、息を深くする。吐いて、吸って。冷静に。それこそ、預言者の声と同じくらいに冷たく、低く、静かに。

「恐れながら、申し上げます」

「なんだ」

「案内人より先に進むのは、お控えください。床が見えなくなります」

皇女は簡単におとなしくなった。

「……許せ」

小さくつぶやいて、後ろへ下がる。

――こういうところがな。

ほとんどの場面で、皇女はとても幼く感じられる。

幼さは、その情動のゆたかさから来る印象だろう。直情径行とまではいわないが、近侍する者たちの心をも揺さぶるほど、皇女の感情は強い。訴えかけてくるのだ。楽しいとなればとことん、心の底から楽しげで、皆が明るくなる。

それは、皇女の持つ才能というか、得難い資質なのだろうと思う。

みずからの過ちに気づくと反省するし、無理なものは無理ということは、即座に理解できる。そういうしおらしさがあるから、見捨てきれない。

——とても見捨てられないと感じた者が、集まるのだろうな。

だが、自分はどうだろうかとファルバーンは思う。

皇女を見捨てることは、できるだろうか。できないだろうか。

そんなぼんやりとした想念は、祈りの言葉を辿る内に薄れ、遠くへ消えていった。

無言で、どれくらい祈りを辿り続けただろうか。

やがてファルバーンが掲げた角灯の光は、崩落した壁を照らしだした。辿り着いたのだ。

「ここのはずですが……やはり、崩れていますね」

あのとき、壁が崩れて通れるようになっている、と感じたのを覚えている。その後の騒動で、壁はさらに崩れたのだろう。今はもう、その奥に通路があるかどうかすら、判別できない。

「姫様、あまり近寄られては危険です」

アルサールが、鳥と一緒に前に出て来た。鳥たちは、崩れた壁に興味津々という風に、石の隙間を覗いている。そのまま突き崩しはじめそうな勢いだ。

その鳥たちと頭を並べて、皇女も覗いている。危険だからと止められたのは、耳に入っていなかったのか、それとも無視することに決めたのか。

「なにも見えぬな。場所はここであっているのか？」

「そのはずです」

——あるいは、あの小鬼がふさいだのかもしれないな。

人が多過ぎると悲鳴をあげていた小鬼の姿を思いだして、ファルバーンは微苦笑を浮かべた。前回同様、今回も一行は四人だが、一緒に巨大な鳥が侵入して来たら、どんな騒ぎになることか。

そのとき、伝達官が声をあげた。

「姫様」

皇女がさっと姿勢を正し、ふり向いた。

その動きの唐突さにつられて、ファルバーンも同じように伝達官の方を見た。暗がりになかば吸い込まれるような位置に立つ伝達官は、遠い過去から来た亡霊のようだった。

「……はじまったのか？」

「はい。先ほど、一の君が」

「そうか」

「予想通りの動きです」

「……宿営地に戻るべきか」

「そうしていただけると、わたしも安心できます」

皇女はあたりを見回して、息を吐いた。

「ここでは、魔物避《よ》けがうまく効果を発揮しないだろうからな」

「広い空間ですと、護符の効果が薄まりますので」

「わかった、戻ろう。ファルバーン、また案内をたのむ」

そこで皇女は彼を見て、なんの話だという顔をしているのに気がついたらしい。

一瞬、困ったように微笑んで。それから、皇女は真顔になった。

「戦だ。一の兄上が、叛かれた」

ごまかすのをやめたのだと、ファルバーンは気がついた。すべての推測は事実となり、確定してしまった。皇子の名誉を慮《おもんぱか》る必要もなくなった。

第一皇子はすでに叛逆者であり、玉座を勝ち取る以外、その汚名を雪《そそ》ぐ方法はないのだ。

6

「二の君のお話では、すぐに終わる、とのことでした。……いや、ちょっと違ったかな。終わらせる、という感じでした。すぐ終わらせるから、鳥のことは心配ない、と」

「つまり、七日の日限が切れる前に戻れる、と？」

「そういうことですね。もちろん、交替の手配はしてありますが」

結局、ファルバーンはふたたびアルサールと水場に来ていた。

行ってこいと名指しで命じられたので、皇女と伝達官には内密の話があるのだろう。そんなもの、へたに聞いたら後が怖い。ファルバーンは、鳥の尾羽に鼻先を突っ込みそうな勢いで部屋を出た。

かかわりたくないのは本心だが、ある程度は事情を知っておかないと、それはそれで危険だ。

アルサールと情報を共有する程度なら問題ないだろうと考え、道々、今回の皇女の小旅行の背景について尋ねていた。

結果、すべてを手配したのは第二皇子であり、皇女はあまり気乗りしていなかったことがわかった。どうしても謀叛が起きる、皇女が人質にとられる可能性があるというなら、しかたがないから都を離れてもかまわないが、なにも起きなかった場合、ただの無駄な移動になってしまう。なにか役に立つことがしたい――という皇女の希望を容《い》れた結果、それなら人手不足で後回しになっていた水源調査に行ってもらおう、ということになったそうだ。

ファルバーンは、帝国の後継者騒動に、盛大に巻き込まれた形になる。

端的にいって、大迷惑だ。

「皇家の事情はよくわからないが、なぜ一の君が叛かれたのだろう？」

放っておけば玉座が転がりこんで来る立場ではないのか？

それを尋ねると、アルサールの返事も曖昧になった。

「俺も、そのあたりはよくわかりません。ただ、二の君はもう確実にそうなると考えてらした、ってことしか。姫様は懐疑的でいらっしゃいましたが……二の君と姫様、どちらの予測を信じるかといったら、二の君の方ですよね。正直いって、姫様ご自身もそうなんだと思うんですよ」

そうかもしれないな、とファルバーンは思った。あの二の君である。それこそ、ただ無駄になるだけの移動など、絶対に計画しないであろう人物筆頭だ。

「しかし、皇女殿下を人質にとって、どうすると……」

「姫様の身柄を材料に、皇帝陛下を動かそうとなさる可能性が高い、と」

思わず、あー、と口から声が漏れてしまった。言葉ではない。声だ。

アルサールは小声でつづけた。

「陛下は、姫様をかわいがっていらっしゃるようですし」

「溺愛といってもよさそうな気がしました。拝謁したときの、感想ですが」

「ご本人は、それなりに隠していらっしゃるおつもりだと聞きましたよ」

「えっ、それは陛下が溺愛ぶりをですか。誰に聞いたんです？」

「ルーギン様からお聞きしました。ルーギン様は、皇妹殿下から伺ったそうです」

「あー……」

二回目である。ほかに感想の述べようがない。

「姫様には、あまり伝わっていなさそうですからねぇ。陛下のその……ご愛情というか」

「鬱陶《うっとう》しいと感じておいでしょうね。傍目《はため》には、そう映りますよ」

「それはその、まぁ……そうですね」

アルサールが見ても、そんな感じらしい。皇帝も、あわれなものだ。

話しているあいだに井戸に着いた。ファルバーンは、先んじて水桶を手にした。

「まだ、いろいろと教えてもらわなければならないですからね。これくらいは、やりましょう」

「あまり難しいことを訊かれても、俺は知らないですけどね」

「大丈夫、こっちも難しい質問ができるほどの知識はないですから」

答えて、ファルバーンは水桶を井戸に沈めた。

「とにかく、皇家のことはわからないですね」

アルサールは、先回りして質問を封じにかかっているようだ。

「でも、皇女殿下の私兵ということは、直属の部下なんじゃ？」

「そうですけど、鳥担当ですからね。人の世界のことは、あまり……」

「都では、一の君の人気はどうなんです？」

「それ、かなり難しい質問ですよ」

アルサールの苦情を、ファルバーンは聞き流した。

そのまま水汲みの作業をつづけていると、考え考えといった体で、アルサールが答えはじめた。

「そうですね……たぶん、都より地方の貴族に人気があるんだと思います。当然ご長男が継ぐだろう、という考えかたの。《白羊公《はくようこう》》家の残党狩りを、丁寧に続けてらしたことも……利害が密接に入り組んでいたらしい、都の貴族にとっては、苛立ちの種だったようです。でも、地方の貴族には、ほぼ関係ない話としてとらえられていたらしくて」

「なるほど」

「都の人間は、うんざりしてるといった感じでしたね。貴族に限らず、平民も含めて。移動の制限とか……荷物の検査もやたらと厳重で、物流も停滞しましたし。挙げ句、一部の取調官が賄賂《わいろ》を要求しだして、けっこう面倒なことになっていたようです」

ファルバーンが辺境でぼけっとしていたあいだに、都の状況は悪化の一途を辿っていたようだ。

「大変ですね。全然、知らなかったな」

「まぁ、俺もあんまり実感はないんですよ。なにしろ、鳥を使うので」

「それでも制止はされたのでは？」

「されませんよ。北嶺は天領、つまり皇帝陛下のものですから……鳥が飛んでいれば、陛下の御用だということになるんです。だから、それを呼び止めて賄賂を要求したりは、さすがに」

いわれてみれば、納得せざるを得ない。天領化は、鳥の自由を確保したともいえるだろう。

——つまり、皇女が北嶺王のままだったら、都の上空に侵入できないとか、着地したところで取り押さえられるとか……あったかもしれなかったのか。

まさかとは思うが、皇帝はそこまで見越して皇女から王位を取り上げ、鳥という特殊な交通手段の優位を確保したのでは？

――いや、さすがにそれはないか。

「それで余計に皇女殿下が目障りになった、というのはあるのかな。つまり、名目上は陛下の御用としても、実際には、皇女殿下の部下が飛んでいる感じだったのでは？」

アルサールは、たっぷり考えてから答えた。

「そういう風に考えたことは、なかったです。でも、あるかもしれません。皇宮内の鳥用の厩舎《きゅうしゃ》は姫様の管理下にありますし、俺たちがまずお会いするのは姫様だし……」

地上に覇を唱えても、鳥たちは上空をすり抜けてしまうのだ。第一皇子にとって、さぞ目障りであろうことは、想像に難くない。

皇女を手に入れれば、鳥の動きと皇帝の双方を抑制できる。そう考えると、人質にする価値は高そうだ。第二皇子が配慮するのも、無理はない。

「しかし、都を離れる必要があったんですか？」

「都というか、人がいる場所から遠ざけたい、というのが二の君のお考えだったんじゃないかと」

「人から、ですか」

「どんなに警戒しても、人の心が変わるのは防げませんからね。思いもよらぬ人が……味方だと思っていたのに、敵になってしまったり」

アルサールの眼差しが、どこか遠くを見る感じになった。なんとなく察するものがあり、ファルバーンは口をつぐんで、水汲みに専念することにした。

人にはそれぞれ、ふれられたくない過去がある。アルサールにとって、変心者の話がそのひとつであっても、おかしくはない。

自分にとっては——と考えはじめたところで、不意に鳥が桶に頭を突っ込んで来た。ぶちまけられた水でぐしょ濡れになりながら、ああそうだった、とファルバーンは思いだした。

——こいつら、アルサールの気分が沈むと、やらかすんだった……。

なぜか、ファルバーンに責任があることになっているらしい。間違いでもないが、だからといって、責められるほどのことをした気もしない。

「大丈夫ですか!?　こら、なんてことを——」

これは怒ってもかまわない場面だと思いながら、なぜかファルバーンは笑いはじめていた。

鳥を叱《しか》っていたアルサールは、おどろいた顔でふり向き、再度尋ねた。

「あの……大丈夫ですか？」

「なんともないです。濡れただけだし」

笑いながら、ファルバーンは鳥に空の桶を突き付けた。

「なにを——」

「通訳してください。せっかく汲んだ水をぶちまけたんだから、続きはおまえらがやれ、と」

桶を手に、アルサールはまだ事態が呑み込めないという顔をしている。無理もない。ファルバーン自身、なんでそんなことをいいだしたのか、よくわからない。

「こいつら、頭はいいんですよね？　桶を井戸の中に投げ込んで、水を汲むために紐を引っ張る程度、できるんじゃないですか。引っ張り上げたら、桶を受け取るのはまぁ……やってもいいです」

「わかりました。桶を受け取るのは俺がやりますから、休んでてください」

「そうですか？　じゃあ、ありがたく」

ファルバーンは隅に下がると、座り込んだ。座ってみると、かなり疲れているのを実感する。

――身体がというより、心が疲れたな。

預言者の足跡を辿るのは、思いのほか負担だった。あのときのことを思いだし、その前と、その後のことも順に思いだして――今もまた、思いだしてしまう。

――ご覧になりますか？

預言者の声。その服の後ろに隠れるようにしていた小鬼、疲れ切った顔のヤエト、なにを考えているかわからないジェイサルド。

くり返し、思いだす。あのとき、彼はかつてないほど両親に近づいていたのだと思う。二度とそんな機会はないであろうことも、わかっていた。

――お選びください。過去か、それとも未来か。血族をとるのか、より多くの民をとるのかを。

彼は選んだのだ。選び直すことができない、あの場面で。

だが、その選択の理由は、預言者が告げたようなものではなかった。

過去や未来を考えたわけではなく、多くの民を救おうと意気込んだのでさえなかった。

「そら、しっかりやれ、おまえらの名誉を取り戻すんだ」

アルサールが鳥たちを励ましている。

――名誉、か。

自分には縁遠いものだ、とファルバーンは思った。重んじたこともなく、ただ存在を知っているだけの、なにか。

きっと、かれらは違う世界に生きているのだ。アルサールや鳥たちだけではない。皇女も、伝達官も。同じところにいるようでいて、違うのだ。

それはもう、彼にはどうすることもできない差異だった。

アルサールと鳥たちが水汲みを終える頃には、ファルバーンの身体は冷えきっていた。しまったと思わなくもなかったが、もう彼の仕事は終わったのだ。少々寝込んでもかまわないだろう。

皇女の護衛や気散じの相手も期待されているのだろうが、知ったことではない。命じられたわけでもないし、そもそもファルバーンに命令をくだせる人物など、尚書卿以外にいないのだ。

平謝りするアルサールと、なぜか得意げな鳥たちと一緒に部屋に戻ると、食事の用意があった。

――食事にありつけるだけでも幸運、という時期もあったのにな。

贅沢《ぜいたく》には慣れてしまう一方だというが、その通りだ。冷たい保存食ではなく、できたての料理を食べたいと思ってしまう。

「疲れた顔をしているな。そなたは先に寝て、体調が戻っていたら夜半過ぎてからの不寝番をつとめるがよい」

皇女の采配はありがたかったので、ファルバーンは遠慮なく休ませてもらうことにした。

そもそも、不寝番の必要性も疑問ではある。

――人質か……。

博沙の砦で皇女が目撃されていれば、あるいは鳥と皇女の移動を関連づける者がいれば、ファルバーンを同行したことが仇《あだ》になる。彼がアルハン出身であることを知る者は、少なくない。穢れの浄化を担っていることもまた、探り出すのは難しくないだろう。

しかし、第一皇子の側に、そこまで人手を割く余裕があるのか。

――逆に、皇女を追う者が絶対にいる、という前提なら?

都にいては、わかりづらい。人が多過ぎるため、皇女に近寄る者を片端から精査するのは困難だ。

博沙は違う。余所者は目立つし、監視も容易だ。第二皇子の領地だから、融通もきく。

――だからこそ、第二皇子は皇女の提案を呑んだのか……。

少ない人数で確実に守り切るために場所を選んだ結果が、アルハンだったのだろう。

本来、こんなことは合流当初にもっと考え尽くしておくべきことだった。とことん興味がなかったのだなと思い、次いで、気がついた。

――少しは興味が持てるようになっているのか。

これも皇女の影響だろうか。

そんなことを考えながら、いつの間にか寝てしまっていたらしい。気がつくと、皇女に揺り起こされていた。

「飲み物を用意した。火の方へ来い」

体調が戻っていれば、とかいう話だったと思うが、是非もない勢いだ。

しかたがない。ファルバーンは起き上がり、明るい方へ移動した。

火のそばには伝達官もいたが、ファルバーンの顔を見ると、大丈夫そうですねとうなずいた。勝手に大丈夫認定されても困るが、そういわれるということは、顔色は戻っているのだろう。

――不慮の水浴びで、体調を崩せればよかったのに。

見た目の印象より頑健なことを、たまに残念に思う。だいたいの場合は、ありがたいのだが。

「では、わたしは休ませていただきます」

伝達官が立ち去ると、皇女とふたりきりになった。またしても、皇帝に知られたくない場面を積み重ねることになったわけだが、今さら過ぎて徐々にどうでもよくなってきた感もある。

「不寝番は、必要なのですか？」

「そら、目が覚めるぞ」

問いへの答はなく、飲み物を渡された。匂いから察するに、酒や茶のたぐいではなく、香料のきいた汁物のようだ。おそるおそる啜ってみると、肉や野菜を煮込んだ出汁の味がした。

「これも携行食ですか？」

「北嶺の厨房《ちゅうぼう》で作ったものだ。料理の煮汁をうんと煮詰めて、冬のあいだに天日で干すらしいぞ。板状にのしたものを砕いて、持ち歩ける大きさにする。それを湯の中に入れると、こうなる」

「それはつまり……凍らせるんですか？」

「詳しいことは知らぬが、そういうことだろうな。水分が抜けるまで、何回かの行程があるらしい。あそこは、傭兵《ようへい》の国として名が知られていた時期があるからな。携行食については、独自の製法が伝わっているそうだ」

「なるほど……」

香料が強過ぎて、味を云々《うんぬん》するようなものでもないのに、美味しいと感じるのが面白い。

「もっとも、鳥の日限があるゆえなぁ。保存期間については、なんでもかんでも七日以内だ。これもそうだぞ。肉や野菜の形が残るものも試作したそうだが、持ち歩いているあいだに水が出やすくなるとかいっていたかな……まぁとにかく、残念だが汁だけだ」

「美味しいです。ありがたく、いただきます」

——北嶺か。

すぐにおさまったとはいえ、謀叛した土地の民が、それでも皇女のために作ったということだろうか。あるいは、その謀叛を許してもらうために——。

——いや、北嶺だしな。

純粋に、皇女への好意で作ったのだろう。そんな気がする。

「それで……話のつづきだが」

「話……とは？」

本気で当惑するファルバーンに、皇女は口を尖らせた。

「嫌がらせか？　ことば使いの話だ」

「……ああ！」

「すっかり忘れていた、という顔をしおって」

その通りだから、しかたがない。

「今、思いだしました。しかし……大した話ではないですよ」

「大したものかどうかは、わたしが決める」

皇女の答えは、偉そうだ。なんとなく癇にさわるが、偉いかどうかでいえば、ファルバーンなどより皇女の方が数段偉いことに間違いはないから、しかたがない。

身分もそうだし、おそらく、人間的にも皇女の方が上だろう。人に慕われる資質があるのだから。

「姫様は、あの説話でなにをお考えになりましたか？」

「子を産んだばかりの妻を旅に連れて行くのは酷いと思った」

「なるほど」

「はじめから、父親だけがへその緒を持って行けばよかったのだ。そうしなかったのは、長老をはじめとする集落の者たちからの圧力があったせいだろう。だが、夫は断るべきだった。なんなら神託など受けに行く必要もなかったのだ。社会の圧力に屈したせいで、彼は伴侶を失った。家族より社会をとった結果、家族は崩壊した。それに絶望し、彼は社会を去ることにした。そういう話だ」

皇女の言葉は、ファルバーンが思っていたより論理的で、しっかりとした分析をともなっていた。

「家族より社会をとった、ですか。いわれてみれば……たしかに」

「そなたはそうは思わなかったのか？」

そうですね、と彼はうなずいた。

「ターンの神殿が栄えていた頃には、各地からの巡礼者が盛んに訪れていたといわれています。もちろん今の時代、神殿に行く者は絶えて久しいですから、話として知っているだけですが。それでも、ターンの神殿で神託を受けよ、という流れは当然過ぎて、疑問を抱けない。……そういう感じです」

「そういう感じ、か」

「ですが、これでおわかりでしょう？　話が重要なのではない、語り手が重要なのでもない。いかにそれを聞き、解釈するか。それこそが肝要なのです」

皇女は肩をすくめ、火を突ついた。相変わらず、火の扱いはちゃんとしているようだ。

「そうかそうか。わかったゆえ、先を話せ。そうしたら、わたしがまた見事に、そなたが思いもよらなかった解釈をして進ぜよう」

やはり、皇女は偉そうだ。

苦笑したいのを堪えて汁物の残りを啜ると、ファルバーンは真面目な顔をつくって語りはじめた。

「では、この話を。あるとき、沙漠を渡る隊商が砂嵐に巻き込まれた。内のひとりは強風に飛ばされ、これはもう命はないと覚悟したが、不思議と無傷で投げ出された。そこは、今までに訪れたことがない場所だった。澄んだ水が湧き出る泉があり、その周囲には草木が茂っている。小さいとはいえ、存在が知られていないのが不思議なほどの水場だった。よほど隊商路をはずれた場所なのか。それにしても不思議なことだ。小屋があるから人もいるはず、訊いてみよう——と、その男は立ち上がり、小屋に向かった」

こうした水場の情景も、沙漠暮らしを知る者とそうでない者とでは、意味が変わってしまう。たとえば、木が生えているという描写ひとつをとっても、緑豊かな土地に住む者にとっては、当たり前と感じられるだけだろう。だが、沙漠の民なら違うことを考える。わずかな降雨でも勢い良く茂る草はあるが、樹木を養い得るのは恒常的な湧き水だけだ。その場所は、貴重な水源地なのだ。

物語は、ひとりひとりが受け止めるものだ。同じ話が、それぞれの心の中で違う姿をあらわす。それが説話の面白さであり、奥深さだ。

「小屋の中には、少年がひとり。少年は男を見て、ひどくおどろいたようだった。少年は口を開き、けれど無言のまま閉じた。男は尋ねた。この水場には、ほかに人はいないのか、と。少年は、うなずいた。男は、自分が砂嵐で飛ばされたということを語り、食べ物を恵んでくれないかとたのんだ。少年はこれにもうなずいた。水は自分が汲んで来ようと、手近にあった桶を勝手にとって男は外に出た。泉の水を汲んで戻ってみると、そこには質素ながら、量には不足のない食事が用意されていた。食事を終えると、男は尋ねた。隊商路に戻る方法はわかるか、と。少年は問い返した。隊商路に戻りたいのか、と」

そこで、ファルバーンは言葉を切った。

暫しの沈黙を、皇女が破った。

「まさか、これで終わりではあるまいな？」

「もう少し、つづきます」

「なぜ黙るのだ。喉でも渇いたか」

「いえ、そういうわけでは」

長いあいだ忘れていた話なのに、語るのにそれほど苦労しないことに、おどろいていた。

――自分にも、子ども時代がなかったわけではないのだ。

いつまでこの場にいられるか、次はどこに行けば生き延びられるか。そんなことばかり考えていた気がしたが、それでも、彼にも子ども時代はあった。こうした説話を聞かされたり、ちょっとした遊びに興じたりした時期が……あったのだ。

それは、彼の記憶の底の方に埋もれていた。

ごく稀に訪れる、凪《なぎ》のような平穏。記憶を照らす、黄昏《たそがれ》時の明るさ、あるいは暗さ。曖昧な風景から聞こえて来る、子どもたちの笑い声。どこからかただよう、夕餉《ゆうげ》の匂い。

そうしたものが不意によみがえって、ファルバーンは胸が詰まりそうになった。

錯覚のような気もした。それらは記憶にあるのではなく、自分が妄想でつくりあげた――欲しくてしかたがなくて、思いだしたことにしただけの、空想の記憶なのではないか。

おかしな気分だった。

「……男は答えた。そうだ、隊商路に、できれば街に戻りたいのだ、と。すると少年は、それなら小鬼がよい、とつぶやいた。少年がそう口にしたと同時に、小鬼があらわれた。それは少年よりも少し小柄だったが、顔は年老いていた。手足は大きく、皺に埋もれているのでなければ、目玉もかなり大きかっただろう。小鬼は叫んだ。金貨、金貨！　少年は答えた。金貨、金貨。彼が金貨と口にするたび、ずっしりと重たい金貨が小鬼の足下に落ちた。二枚の金貨を小鬼は拾い集め、もっと出て来ないかという風に少年を眺めたが、じきに諦めたらしい。男の方に向き直ると、儂《わし》の姿は忘れろよと命じて、ひゅ、と口笛を吹いた。たちまち、男は街にいた。隊商路の中継地のひとつだった。小鬼の姿はなく、ただ、一枚の金貨が男の足下に落ちて来たときに、低い声が聞こえた。ひとり運べば金貨は一枚――男はふり向いたが、小鬼の姿はもうなかった。男は金貨を拾い、はぐれた仲間との再会を祈りながら、今宵《こよい》の宿を探すことにした」

ふたたび、ファルバーンは口をつぐんだ。

そして、皇女が尋ねた。

「まさかとは思うが、それで終わりか？」

「だいたい終わりですね」

「だいたい？」

「この小鬼は、ほかの説話にも登場するのです。金貨と引き換えに、人を一瞬で、しかも遠くへ移動させる力を持つので、金貨を惜しんだ人間が痛い目に遭う話が多いです。それと……金貨を積み上げても、馬は運ばなかったという話もありますね。言葉が通じない相手は駄目なのだそうです」

「そうなのか」

「そういう説話が、伝わっています。滑稽《こっけい》な話がほとんどですが、小鬼自身は笑いません。笑いという概念を理解できないともいわれています」

「それは、気の毒だな」

実に思いやり深い口調で皇女がいった。

「笑いを理解しない代わりに、なにか得たものがあるのでしょう。そして、ご存じかもしれませんが、尚書卿はこの小鬼に会ってらっしゃいますね、実際に」

少しだけ間を置いて、皇女は尋ねた。

「そなたも、だな？」

「そうですね、わたしも会ったと思います」

「荒唐無稽な話であっても、頭ごなしに否定するものではない。そういうことか」

さっそく、皇女はなんらかの教訓を得たらしい。これには少々、感心した。

「そうかもしれませんが、それは説話というわけではないです」

「そうだったな。実体験だ。だが、実体験について考えることも必要ではないか？　なにも説話だけが人生の道標《みちしるべ》というわけでもあるまい」

「それはそうですが」

「つまらん説話の方だが、分をわきまえる、ということを感じた」

いきなり、つまらないもの扱いされて、語り手としてはどう反応すべきか。

悩んでいるあいだに、皇女が言葉をつづけた。

「その少年が、ことば使いの成長した姿だったとして。その者は、父親と暮らしていない。父は去ったのか、あるいは亡くなったかしたのだろう。その者の力を考えれば、いかなる意味においても父親を留め置くことも可能であろうが、それはしていないものと推察される。また、水場に構えていたのは屋敷ではなく小屋、用意したものも粗食といった描写から、その者は贅を凝らした暮らしをしていないことがわかる。そう見せかけているのみなのか、あるいは贅沢を知らぬゆえの粗末な暮らしか――闖入《ちんにゅう》者である男が見たままを信じるならば、過ぎたものを望まぬ、選ばぬ人生を送っているのだろう。おそらく、気概に欠けるとか、野心がないとかいった批判も可能だろうが、それは彼の人生だ。余人が文句をつける筋合いはなかろう」

滔々《とうとう》と語られてしまった。それも、ファルバーンが思いもよらなかった見方で、理路整然と。

——これは、圧倒されるな。

皇女の話は終わらない。

「小鬼もそうだ。小鬼は人ならざるものだが、そういった存在は、人よりもずいぶん約束を重視するというではないか。この説話の小鬼も、そうだろう。金貨金貨と口にして、ことば使いが出した金貨は二枚。ひとり運ぶのに金貨は一枚だから、二枚の内の一枚しかとらなかった。それによって、徒手空拳の男も生き延びる糧を得ることができた。小鬼が金貨を二枚ともとっていれば、男は苦労することになっただろう。あるいは、ことば使いがより多くを与えていれば？　彼の行動は、一見するとなんの考えもなく小鬼の言葉に従っただけのように見えるが、小鬼がもっと金貨と唱えていれば、より多くの金貨を出したのだろうか？　考えさせられるな」

「金貨が多くて悪いことがあるのですか？」

「多過ぎる金貨は、ものの価値を破壊する。ことば使いがその気になれば、一国の……いや、国ひとつに限らず、どんな経済をも破壊することが可能だろう」

「そこまで？」

「その気にならないのが凄い、という話だ。なんでもできると思えば、なんでもやってしまう。それを、過ちを積み重ねながら学んでいくのが人生ではないか。できぬものはできぬ、とも学ぶものだが、ことば使いにはそれがない。間違うことも、できぬであろうよ。影響が大き過ぎるゆえな」

——ああ、そうか。

皇女は、ことば使いに自分の境遇をかさねているのだ。大き過ぎる権力、正解しか選べない立場。

「姫様は、さすがでいらっしゃいますね」

「なんだ急に。気もち悪いな」

つまらないにつづき、評価に遠慮がなくなってきた。

「……世が世なら王子なのにと憐れまれることがあるので、少々感じるものがございました」

「そうか。わたしは、そなたを王子と感じたことはない。だが、ヤエトの従者としては優秀だと思っている。ジェイサルドのように、変なものを食べさせないからな」

評価の基準がおかしい。それでは、ジェイサルドに負ける方が難しそうだ——と思いながら、ファルバーンは恭しく一礼して答えた。

「殿の従者として高評価を賜り、ありがたき幸せに存じます」

「嘘くさいなぁ」

「……姫様、ずいぶんと容赦がなくていらっしゃいますね、先ほどから」

「上に立つ者だからな」

「一応、念を押しておきますが、わたしは皮肉や厭味でなく、感心したのです。それは、伝わっていますか？」

「まずまず伝わっていると思ってよいぞ」

「その……先ほどの説話の解釈のみならず、たとえばアルサールが姫様にお仕えしているのは、やはり姫様にそれだけの――」

適切な表現を探していると、遮られた。

「ああ、それは違うぞ」

「は？」

「アルサールはな、ヤエトが本復したときに真っ先に飛んで行けそうだから、という理由でわたしに仕えているのだ。ある程度は自由に鳥を動かせて、情報も入りやすい。それだけだ」

ファルバーンは自分の口がぽかんと空いていることに気づいて、急いで閉じた。

「そうなのですか」

「そうなのだ。とりあえず、そうすればよいと教えてやったら、なるほどと喜んで志願してきた」

「……つまり姫様のご発案で？」

「わたしにとっても、悪い話ではないからな。事情がわかっていて、気心が知れていて、いざとなればヤエトをまかせることができる者がいてくれると、楽だ」

「はぁ……」

それはやはり、皇女の器の大きさを示すのでは、と思わなくもない。

「そなたもどうだ？　なんなら、ヤエトが本復を遂げる前から、わたしの部下として派遣しておいてもよいぞ」

もうわけがわからない。

「いえ、わたしは……お役に立てそうもないので」

「なにがだ」

「基本的に役立たずですし」

「そなたが？　どこがだ。いろいろと役に立っているではないか」

「いえ、全然です」

「わたしが役に立つといえば、役に立っておる。実際、不寝番で眠くならずに済んでおる」

「ですから、今どうこうという話ではなく――」

「わからんな。なんの話だ」

「殿を、お助けできなかったと申し上げているのです」

勢いで、口走ってしまった。

皇女は眼をしばたたき、もう一回、同じことを口にした。

「なんの話だ？」

「わたしは尚書卿を、救い主様、と教えられました。まだお会いする前からです。わたしは、救い主様をお助けして戦う運命にあるのだ、と。しるべの星に――預言者に、そういわれていたのです」

言葉にした端から、重くのしかかって来る。

救い主を助けて戦う運命。それを信じて付き随って来たが、結局、彼がなんの役に立ったのか？

「……ですが、わたしはなんら殿をお助けすることもできず……迷宮都市に行く直前、あの小鬼に運ばれる前にはもう、預言者にも見捨てられていたのです」

「見捨てられた？」

「はい。予見する未来に、わたしの姿が映っていない、だからもう同行する必要はない、と。それでもついて行ったのは、意地になっていたのでしょうね、わたしも……それと……」

それと。

——お父上が籠られた場所も、お母上の居場所も、わたしはお教えできます。

「預言者は、姿をくらましていた母の居場所を知っているから教えようとも口にしました。ですが、きっとわたしは、それを知りたくなかったのです」

「なぜ？」

皇女の問いは短い。そして、するどい。

「ご存じのように、その後、母は尚書卿とともにこの世を去りました。尚書卿はお戻りになりましたが、母は戻って来ない。それはわたしにとって、少しも哀しいことではなかった——いえ、少しは哀しんだかもしれません。ですが、それ以上に安堵したのです。もう、母を案じなくて済むのだ、と」

会話も成立しない母でも、放っておくわけにはいかなかった。博沙で確保されたときには、少し気が楽になったものだ。それが姿を消して、戻って来て。そしてまた、今度こそ完全にどこかに消えてしまった——もう戻らないであろうということは、博沙相が教えてくれた。

そのとき、ほっとしたのだ。

背負って来たものが軽くなったと、解放されたと思ってしまった。

だから、あのときも。母を追いたくなどなかったのだ。家族と世界のどちらを選ぶかなどという、立派なものではなかった。はじめから、彼は解放されたかったのだ。母から。

吐き出してみてようやく、このことが、自分の中でどれだけ重たかったかを思い知った。

だが、皇女はファルバーンを励ましたり、同情を見せたりはしなかった。ただ、大きくため息をついて、告げた。

「そなたは、ちゃんとヤエトの命を救うておるぞ。まさか忘れてしまったのか？」

「……は？」

「意外と忘れっぽいな。ほれ、そなたがわたしをその……チビ呼ばわりしたときだ。博沙に滞在中、毒を盛られそうになったではないか」

「……ああ！」

ほんとうに忘れていたのか、と皇女が彼を呆《あき》れたように見た。ほんとうに忘れていた。

そういえば、そんなことがあった。

倒れたヤエトのもとへ、薬の差し入れを騙《かた》る毒殺者が訪れた。それを見破ったのは、ファルバーンだった。彼に与えられた恩寵の力が、毒を察知したのだ。

「そなたがいなければ、ヤエトは死んでいただろう、間違いなく。ついでに、わたしも危なかった」

いわれてみれば、そうだ。

毒殺未遂後もだぞ、と皇女は指摘した。それも忘れていそうだが、と。

「あのとき、まともに戦えるのはそなただけだったではないか。そなたがいなければ、味方が来る前に討ち取られていても、おかしくはなかった。だからな、救い主を助けるために、そなたは戦ったのだ。しかも、勝ったのだ。誇ってよいではないか」

——そうか。

戦った、という意識がなかった。毒に気づいて命を救ったはたらきを、救い主のために戦うという表現に結びつけられなかった。

だが、たしかにファルバーンはヤエトを救っていた。

なんの役にも立たず、ただ周囲をうろついていただけでは、なかったのだ。

「それとな。誰しも、おのれの人生を誠実に生きる以外、できることなどあろうか。家族であろうと他者は他者。どれだけ手出し口出しをしたところで、変えられぬものもある。わたしの兄など七人もいたはずなのに、残っているのは三人だ。……半分以下だぞ」

「わたしには、兄弟姉妹はおりませんが……いたらどんなだっただろう、と思うことはあります」

励ましにも慰めにもならず、いかなる意味もなさそうな言葉しか出てこなかった。

皇女は、淡々と答えた。

「そうか」

「はい」

「わたしもな。無力感は覚える。だが、兄たちがこうなったことを自分だけの責任と思うのは、傲慢だろう。兄たちは、兄たちの人生を生きた。それでよいと思うしかない。そなたの父や母も、同じなのではないか？　いや――」

一回、言葉を切って。皇女は大きく息を吐いた。

「――話を戻そう。アルサールがわたしに仕えているのは、そういう事情だ。なんなら、そなたも召し抱えてもよいのだぞ。いつでもヤエトのところに行けるように」

「ありがたいお言葉です」

「ああ、断りそうな流れだな。わかった」

ファルバーンは微笑んだ。

皇女に召し抱えられるのも、悪くはないだろう――いわれずとも考えたのに、受け入れることはできなかった。

これが矜持《きょうじ》というものだろうか。あるいは、ただ性分が捻くれているだけなのか。

「わたしは場当たり的に生きてきた自覚がありますが、だからこそ、ここでまた姫様のお手をわずらわせて、仮の君臣となるのもどうかという気がするのです」

「しかし、隠居所に割り込むのも難しいのではないか？」

「そうですね。ただ、気がついたのです」

「なんだ？」

「穢れが消えたなら、わたしは沙漠から解放されると考えてよいのではないか、と」

「……そうだな。ヤエトが、そなたを自由にしてくれたのだ」

――自由。

自由にするとは、どんなことだろうか。それすら、彼にはもうわからない。

――わからないなら、学べばよい。

ヤエトなら、きっとそういうだろう。ただ手に入れるだけではなく、よく学び、よく考えろと。

「はい」

皇女が、どこか悪戯《いたずら》っぽい表情で、ファルバーンの顔を覗き込んだ。

「だが、そなたはヤエトに仕えたいのだろう？」

「まぁ……それはそうですが」

「そうであれば、ひとつ考えがある」

また自分が召し抱えるという話になるのかと身構えていたら、皇女はにっこりと笑った。

「若殿だ」

「……はい？」

「ヤエトの養子、次の《黒狼公》がな、都の学舎にいるだろう。心きいた従者が必要ではないか？」

「わたしは、貴族社会の常識に疎いと思いますが……」

ヤエトに仕えるにあたって、以前よりは詳しくなっただろうが、やはり生まれや育ちがものをいう場所ではないだろうか？

だが、ファルバーンの危惧を、皇女は笑いとばした。

「若殿自身も貴族の出だ。ある程度は、自身で対応できよう。それよりも、沙漠出身の元王族を従えているという、特別さがよい。そなたのような存在、都にはひとりもおらぬ。少なくとも、公認されてはいない」

「ああ……つまり、みつかり次第に首を刎《は》ねられないで済む、大罪人、という意味ですね」

そのために、皇帝に謁見までしたのだ。

しかし、特例として存在を認める理由として、穢れの浄化ができることを挙げていたはずだが、穢れが消えても特例は取り消されずに済むのだろうか。

——まぁ、皇女が適度にお願いしてくれれば、大丈夫なんだろうな。

今は消えていても、将来的に穢れが復活しないという保証はない。保険としてファルバーンを生かしておく方が、安心ではある。ファルバーンが皇帝なら、間違いなくそうする。

「大罪人という響きは、なかなか恰好がよい」

「……そうでしょうか」

「どうせ逃れ得ぬ出自なら、利用してしまえ。そなたが従者をつとめることは、箔《はく》がつくから、で納得されるだろう。沙漠に隣接する所領を持つ《黒狼公》が、異民族をも心服させていると喧伝《けんでん》するために連れている……とな。だが、そなたの本来の強みは別のところにある」

「……はい？」

「若殿が、毒を盛られずに済む」

ファルバーンは、その指摘について考えた。

なるほど、と思った端から疑念が湧いたので、確認した。

「姫様がわたしをお連れになれば、姫様が毒を盛られずに済むのでは？」

当然の疑問だと思うのだが、思いきり馬鹿にした目で見られた。

「そなたはわたしに仕える気がないのだろう？　それに、そなたは男だ。随従できない場所も多い。皇宮にいるあいだは、まず無理だしな。若殿は、違う。《黒狼公》ならば、給仕は従者がつとめるのも不自然ではなかろう」

「お話はわかりましたが、しかし、若殿がそれを受け入れてくださるかどうか」

「こんな良い話はなかろう？　目先の礼儀だの先例だの貴族社会の常識だのにとらわれる愚か者でなければ、断るまい。もし断られたら、連絡を寄越せ。次の方策を考えてやる」

「次、とは」

「若殿に受け入れさせるための根回しでもよいし、隠居所に入り込むのでも、あるいは代官の助手になるとか……まぁ、なんでも好きに選べ。そなたの人生だ」

もうひとつ、湧き出た疑問をファルバーンは口にした。

「なぜ、そこまでしてくださるのです？」

「決まっておろう。我らは、ヤエトの役に立ちたい仲間だからな！」

元気よくいいきった皇女を否定したくなったが、さすがに、ちょっと無理だった。

「わかりました。ご厚意に、感謝します。いずれ必要になったら、わたしにもご恩返しをさせてください」

「あ、それなら二度とチビとは呼ばぬようにしてくれれば、それで——」

ずいぶんな内容を即答されたが、ファルバーンも、これには自信を持って答えることができた。

「残念ですが、それはくだらないという以上に、殿のお役に立つ内容ではございませんし、今後どの場面でまた必要にならぬとも限りませんので、お断りします」

「……容赦ない」

「もう少し良いお話をお持ちいただけることを、期待しています」

「容赦がなさ過ぎる！」

頭を抱えた皇女を、ファルバーンは微笑ましく見守った。そして、なんとなく思った。

——このひとは、進むんだな。

ただ、前へ。おそらくは周囲を巻き込んで、どこまでも前へ。

7

三日目ともなると、全員が待機状態に辟易《へきえき》していた。

——ただ待つだけなら、ここまで気が重くはならないだろう。

地下にいる。それが、負担を増しているのだ。

こういう環境に生まれ育ったとでもいうならともかく、誰もそうではない。とにかく外へ出たいという気もちを、皇女は隠しもしなかった。

「あちこち、見てまわりたいものだがなぁ」

だが、のんびりとしたその台詞を、起きて来た伝達官が険しい表情で断ち切った。

「なりません」

おや、と思わされるほどの厳しい口調に、皇女が表情をあらためた。

「なにかあったか」

「姫様の御身を狙うと思しき輩が博沙を発ったようです」

「博沙を？　いつだ」

「我らが出立してほどなく」

皇女は眉根を寄せた。

「ああ……今、博沙には伝達官が不在なのか」

「はい。信号と早馬を併用し、都においでの我が君に報《しら》せが届いたのは、つい先ほどのことだそうです」

「そこからは、一瞬だな」

「仰せの通りです」

竜種の恩寵の力は、非常に強力だ。だが、万能ではない。

瞬時に意を通わせることができるとはいえ、その意を受け取る相手がいなければ、力も使いようがない。その役割を担い、竜種の意を直接受けて動くのが、伝達官だ。

そして、この伝達官の数には制限があるらしい。皇子や皇女といった地位にあってすら、皇帝との連絡用に一名、それ以外に一名が原則だ。

今ここに伝達官がいるということは、博沙には連絡役がいないということと同義である。

もちろん、なにごとにも例外はあるし、表があれば裏もある。第二皇子も、裏では非公式の伝達官を何人か飼っていてもおかしくはない。

しかし、それにも限度があり、配置の優先順位もある。

博沙は帝国の辺境だが、昨今はまずまず政情も安定している。留守居役の博沙相は、第二皇子の傅をつとめた人物で信頼も篤《あつ》い。皇子の指示を待たずとも、あの老人なら堅実に国を治めることができるのだから、博沙に予備の伝達官を配する意味は薄い。

――で、刺客らしき者の目撃情報が伝わるのが、今になったということか。

博沙相も、アルハンにいる皇女一行に直接連絡するよりは、第二皇子に一報を送る方が賢明だと考えたに違いない。鳥で先行して地下に潜っている皇女に、後追いで部下を送れば、どうなるか。途上で賊に出会って討伐できればよいが、そうでなければ、皇女の居場所を教えるも同然になってしまう。

頭数を揃えて出兵するかどうか、第二皇子の存念を確認しようというのだろう。

地下に潜ったおかげで、追手にはまだ発見されていないようだ。しかし、相手が探しつづければ、いずれは地下への入口もみつかってしまうと覚悟すべきだ。

「詳しく報告せよ」

「我らの出立を確認後、馬で沙漠に向かった者があったとのことです」

「兵士か？」

「いえ。流れ者だそうです。隊商の護衛として博沙に来て、次の仕事を探しているという触れ込みで、暫く逗留していたと。宿の主人は、兵士として仕官したらどうかと勧めたそうですが、都に戻るつもりだから、それはできないと返していたそうです」

ファルバーンは苦笑した。

――あやしまれていたとしか思えない内容だな。

博沙は帝国領の果てである。それは、いかなる隊商もこの先には進まないということだ。当然、護衛の契約も往復で、という場合が多くなる。それが往路のみで復路がないとなると、往路で揉めたのかと思われても無理はない。宿の主人は、料金を踏み倒されでもしないかと気になるだろう。自然、観察も仔細《しさい》なものになる。

「ひとりか」

「いえ、二名です。一名は、短刀投げの名手だそうです」

ふうん、と皇女が面白そうにつぶやいた。

「弓ほどの射程はないだろう」

「それはそうでしょうが」

「兄上は、どのように仰せだ」

「皇女殿下の御身御大事、これを第一にせよ、と」

伝達官の、いささか歯切れの悪い応答に、皇女は声をあげて笑った。

「よきにはからえ、ということだな！」

「姫様」

「兄上はお忙しいのであろうし、もはや人質にとられて困るという場面でもなかろう」

――人質にとられて困る場面でもない、か。

つまり、第一皇子の謀叛とやらは、だいたい収束したということか。皇子は捕縛されたか――と考え、ファルバーンは眉根を寄せた。

――残った兄が、三人……。

たしか、皇女はそういっていた。政争で姿を消していった皇子を数えてみると、第四、第五、第七の三人となる。残りは四人だったはずだ。

――あの時点で、もう第一皇子は消えていたということか。

兄たちが争って死んでいくのを見守るしかない、その状況に無力感を覚えると皇女はいっていた。

それでも、おのれの生を誠実に生きていく、できることはそれだけなのだと。

皇女はまさに、兄をもうひとり見送ったばかりだったのだ。遠く離れて、身を隠しながら。

「人質にとられては、御身御大事という主命を果たせたとは申せません」

伝達官のあまりにも直截《ちょくせつ》な返答に、ファルバーンは我に返った。

死んだ皇子の置き土産が、皇女を害そうとしている。

「むざと人質にとられる気はないぞ」

「都の情勢も落ち着きつつありますので、明日にはここを発つ予定でしたが、一日早めることも視野に入れるよう、承りました」

「のこのこ地上に出たら、待ち構えていた凶漢の手に落ちるやもしれぬ」

「無論、注意深く――」

「注意をしようがなんであろうが、地下からの出口はひとつだ。我らの姿はアルハンにない……と、諦めてほかへ行ってくれていればよいが、そうでなければ困ったことになるな」

困ったことになるといいながら、なぜか皇女の声は楽しげである。表情も、生き生きして見える。

皇女以外の三人は、楽しくない顔をすることになった。当然である。

「姫様、いきなり打って出ようなどとお考えではないでしょうね」

「そうだな。まず注意深く――」

皇女はにやりとした。伝達官の言葉を、そのまま踏襲したのだ。

「――斥候を出し、敵の配置と人数、武装を確認せねばなるまいな。かるく作戦を立てておいて、斥候の報告を参考に修正しよう」

三人は顔を見合わせた。

――こいつ、やる気だぞ。

言葉はなくとも、意は通じる。

――やめさせねば。

一瞬で、三人の意志は統一された。

伝達官がまず、皇女の言葉を遮った。

「姫様、偵察は必要なことと存じます。ですが」

「四人対二人なら、こちらは数の上で相手に倍している。しかも、鳥もいるのだぞ」

「万が一にも、御身に危険の及ぶことがないようにと、我が君の仰せです」

「慎重な作戦を立てよう」

「そういう問題ではありません」

「では、どういう問題だ」

皇女の声は、もう楽しげではなかった。それは冷静で、そして強い。

伝達官は口をつぐみ、皇女は言葉をつづける。

「その者たちが見張っているとすれば、我らをどうぞどうぞと通してくれるはずもない。ならば、通してくれるようにせねばな？」

伝達官に代わり、恐れながら、とファルバーンは声をあげた。

「皇女殿下、ひとつお尋ねしてもよろしいでしょうか」

「今さらなにを遠慮することがある。なんでも申せ」

すっ、とファルバーンは息を吸った。

「戦う必要が、ございますか？」

「なに？」

「その者たちは、一の君のご命令で姫様をつけ狙っている……その可能性が高い。そうですね？」

「そういうことだ」

「ですが、一の君はもう――」

竜種の死に際して、どういう言葉を選択すべきかわからず、ファルバーンは口ごもった。そこを、伝達官が繋いだ。

「ええ。かれらが復命する相手はもう、いません」

ならば、とファルバーンは声を強めた。

「戦う理由が、ありますか？」

皇女は眼をしばたたいた。

「我らになくとも、向こうにはあるだろう。それこそ、伝達官を同行させているのでもなければ、現状はわかるまい。教えてやったとしても、どうだ。それを相手が信じると思うか？　わたしは思わぬぞ」

三人は顔を見合わせた。

「だからといって、打って出る必要はありません。もはや戦う理由もない者同士が、命のやりとりをすることになります」

アルサールが、抑えた声で諭したが、皇女はまだ納得がいかないようだ。

「そうかな。一の兄上に最後まで操を立て、せめてわたしを攫うことで父上や他の兄上へ意趣返しをするといったことも、考えられるのではないか？」

これには、伝達官があっさりと答えた。

「そういう兵が大勢いれば、もっと手強い相手でいらしたと思います」

「……そうか」

「はい。おそらくは、金品で雇われた者でしょう。一の君は、姫様をかろんじておいででした。最上の兵を寄越しているとは、考えられません」

「では、さっさと打って出て――」

「なりません」

睨み合う皇女と伝達官を放置して、ファルバーンは室外の様子をそっと窺《うかが》った。そして確信した。

「気づかれたと思います」

戻って報告すると、全員がぎょっとしたような顔をした。戦うのなんのといっていたのに、なぜ意外そうなのか。

「なに？」

「追手に、我らが地下にいることを気づかれたようです。まだ薄いですが、煙が流れて来ています」

「……燻《いぶ》そうとしているのか！」

実際問題として、あの巨大な空間がある以上、簡単に燻し出されはしない。同時に、あの空間の存在を相手が把握していないこともわかった。

だが、ひとつしかない出入口は、相手に掌握されているわけだ。すんなりとは出られない。

皇女が望むように、一戦交えるしかないのかもしれないが、それでは無駄な人死にが出ないとも限らない。あるいは鳥が怪我をする可能性もある。

「打って出るのは、やめましょう」

「どういうことだ」

「鳥が翼に怪我をしたら、どうします。日限以内に北嶺に帰れなければ、命にかかわるのではないですか？」

アルサールが眉根を寄せた。

「たしかに、そうです。まず賊を無力化してから、鳥を出すようにするしかないですね」

鳥がいれば、敵を圧倒できるのは確実だ。それを待たせておくしかないとすると、こちらの戦闘力はずいぶん下がる。

「なるほど。相手が罠《わな》をはって待ち構えているとなると、不利になるにもほどがあるな」

「はい。ですので、打って出るのは諦めてください」

「しかし、ではどうやって――」

「金貨をお持ちではありませんか？」

ファルバーンは、皇女ではなく伝達官に尋ねた。

「金貨？　持ってはいるが、それがどうしました」

伝達官は当惑の面持ちだったが、皇女には伝わったらしい。

「小鬼か」

金貨一枚でひとりを運ぶ、見られるのが嫌いな小鬼。ただの伝説ではないと、ファルバーンは知っている。

「あの崩れた通路の先なら、あいつに伝わるはずです」

「小鬼とは、なんですか？」

まだ要領を得ない顔つきの伝達官に、皇女が教えた。

「金貨一枚で、一瞬で遠方に運んでくれるそうだ。ヤエトも、ここにいるファルバーンも、その小鬼の力を使ったことがある。ここの地下でな」

ただ、呼び出し方法が特殊なものかどうかは、ファルバーンにはわからない。あのときは、預言者がすべてを支配していた。どこへ行くのか、なにをするのか。わからないまま後を追ったところに、小鬼がいたのだ。

それでも、金貨さえあれば嗅ぎ付けて出てくるのではないかと思ったのだが、皇女には、もっと具体的に確認する手だてがあるようだった。

「伝達官、至急、陛下にお伺いを。陛下なら……いや、陛下の伝達官が知っているはずだ。小鬼の呼び出しかたを」

「承りました」

ひとこと返事をするや否や、伝達官は即座に眼を閉じ、集中に入った。おそらく、第二皇子と交信しようとしているのだろう。

——なぜとか、どうしてとか、訊かないいんだな。

判断が早いのは、さすが第二皇子の伝達官……なのだろうか。

ともあれ、黙って見守っている暇はない。敵が煙を焚いているあいだに、やるべきことはいくらでもある。

「小鬼が使えたとして、行くのは皇女殿下と伝達官殿のおふたり……となるでしょうね」

「なぜだ」

同じことを考えていたらしいアルサールが、ファルバーンの代わりに答えた。

「鳥を置き去りにできません」

「小鬼に運ばせればよい」

皇女は、やや苛立たしげに返した。それはそうだろう、皇女の性格なら、自分だけ逃げるような真似は受け入れられまい。

だが、受け入れてもらうしかない。

「運ばないと思いますよ、たぶん。言葉が通じないものは運ばないはずです」

小鬼は、金貨に執着を示す。それはどの説話でも共通しているが、その金貨を山と積まれても、馬は運ばなかったという話がある。

「子鬼がどうでも、鳥たちが嫌がります。絶対に嫌だそうです」

アルサールが鳥の意見を代弁した。伝達官が顔をしかめ、皇女は即座に宣言した。

「では、わたしも行かぬ」

予想通りの返答だ。ファルバーンにも、心の準備はできている。

「それは意味がないですね」

「意味がない？」

「正直に申し上げて、わたしは帝国の民としての忠誠心には乏しいです。アルハンに来た事情を説明されたときも、巻き込まれたなぁ、これは酷いと思った程度には、不敬です。ですが、ここに来てしまったからには、所期の目的は果たさねば損でしょう。巻き込まれた意味がなくなってしまいます。水の穢れについては、もう調べました。もともと、これは建前に過ぎませんし、ついでです。本来の目的は、皇女殿下に無事でいていただくことではないですか？　ですから、それが最優先されるべきです」

皇女のみならず、アルサールも、呆気《あっけ》にとられたような顔をした。

——ここは、性質を踏まえた説得も考えるべきかな……。

ファルバーンは、要領がよいと評される。場の雰囲気を読み、人の感情や思考を読む。それは、漂泊の人生で培った能力だ。正攻法では攻め落とせない相手を、正面から押しつづけるのは愚策である。搦《から》め手から攻めるのは、当然の戦術だ。

「それとも、アルサールやわたしの実力ではあやういとお考えですか？」

皇女を攻めるならば、この方向だ。予測通り、皇女は言葉に詰まった。が、すぐに気を取り直し、問い返した。

「忠義がないならば、わたしを守る必要もなかろう？」

「さらに正直に申し上げると、皇女殿下に傷ひとつつけない、万が一の危険も避けるという条件さえなければ、ものごとは非常に容易になります。つまり、皇女殿下がすみやかに移動してくださることが、我々への最大の支援とお考えくださるのが、助かりますね」

皇女は口を開き、そして閉じた。

ひと呼吸置いてから、ようやく言葉になった程度には、効果があったようだ。

「容赦ないな！」

「沙漠の民とは、そういうものです。容赦がない環境で育つと、容赦のない人間になります」

そんな話をしているあいだにも、きな臭さは増している。皇女は立ち上がった。

「荷物をまとめよう。煙を焚いたということは、当分、突入はない」

「小鬼は、基本的には人間しか運びません。荷物は小さめにしないと文句をつけられます」

「そういう説話があるのだな？」

「そうです。金貨を積んでも、大きな荷物は断られます」

面倒なやつだな……と皇女はつぶやいた。

一瞬で遠距離への移動を達成する能力だから、いろいろと制限はあるのだろう。金貨にこだわるのも、小鬼が強欲だからというわけではなく、なんらかの魔術的な意味を踏まえているのかもしれない。魔力の源泉だとか、そういうものだ。世俗の価値観に照らせば、金貨にこだわる必要はない。たとえば、宝石でもかまわないではないか。

だが、小鬼が要求するのは、かならず金貨だ。

――まともに考えたことがなかったな、そういえば。

小鬼が実在することも知っているし、実際にその能力で運ばれたことまであるのに。どうしても、説話の中に住んでいるつくりごとのような感覚がある。

「戻りました」

伝達官が、大きく息を吐いた。

呼吸をととのえる間を置いて、報告がつづく。

「小鬼が探知する範囲内に金貨を置けば、勝手にあらわれるそうです。急ぐときは、笑えばよいとのことです」

「笑う？」

「金貨よりも、探知範囲が広いそうですよ。それが鬱陶しいので、小鬼はあまり人が多い場所にはいないのだとご説明を賜りました」

「なるほど……」

小鬼の謎が、ひとつ解けた。

——笑いを理解できないなら、それが鳴り響いている場所は、さぞ不快だろう。

その不快な笑いで呼び寄せられた小鬼の機嫌がよいとは思えない。できれば金貨だけで済ませたいところだ。

「到着する場所は、決まっているそうです。都の方には出迎えを用意しました。いつ姫様が着かれても大丈夫です。わたしは博沙へ参ります。博沙にも、小鬼の力が及ぶ場所があるそうですので」

「なぜ、博沙へ？」

「兵を出して、アルハンにいる賊を捕縛します。一の君の罪状を重くするために、できれば生け捕りにというご指示をいただきました――」

ここで、伝達官はアルサールとファルバーンを見た。

「――そういうわけなので、戦わないように」

「自衛は認められますか？」

ファルバーンがあわてて確認すると、伝達官は、わずかに顔をしかめた。

「それは、しかたないですからね」

嫌々ながら、という感じだ。

伝達官の忠誠は第二皇子にあり、第二皇子の言葉が絶対なのだろう。つまり、第一皇子が皇女を攫おうとした、あるいは傷つけようとしたことの証人確保が第一で、アルサールやファルバーンの身の安全は、二の次に違いない。

そう思った端から、推測を裏付ける発言が来た。

「――ですが、戦わないように」

揺るぎないなぁ、と思いながらファルバーンはうなずいた。

実際に接敵してしまい、相手がこちらを殺す気で来るなら、当然、こちらもその気で対応するだけだ。二対二になるのだから、生け捕りなどと贅沢をいっていたら命を落としかねない。

「わかりました。戦闘は、できるだけ避けます」

誠実さを装って返事をしたつもりだが、伝達官には本音を見透かされた気がした。だからどうした、と思える程度には、割り切っている。

伝達官も、そうなのだろう。首肯すると、さっさと話題を切り替えた。

「敵が我々を燻し出せると信じているあいだに、荷物をまとめて広間へ退避し、小鬼を呼びましょう。大きい荷は、鳥に負わせる準備を」

「必要ですか？」

「多少は。今夜の寝具と、あと一日、できれば二日分の食料はあった方がよいでしょう。水も汲んで行かねばなりません」

博沙からアルハンへは、かなりゆっくり行っても――ファルバーンは、やたらと小休止を強要するジェイサルド込みで移動したことがある――一日だ。訓練された兵士が馬を急がせれば、半日とかかるまい。

それでも、即日の捕縛がかなわない場合もあるだろうから、余裕をみれば二日。それ以上は、そろそろ鳥の日限が問題になるから、逆に必要なさそうだ。

「日限が迫ったら、鳥と強硬突破します」

アルサールの発言は、許可を求めたわけではなく、ただの宣言である。

「それも、しかたないですね」

伝達官も、諦め顔である。すべての関係者に諦められる、それが鳥馬鹿だ。ある意味、羨ましい境地といえなくもない。

「では、皆さんは一羽連れて先行してください。水を汲んでから追います。灯火を強めにしておいてくだされば、見えるので」

「わかりました」

「ひと通り、括りつけたぞ」

三人が話しているあいだに、皇女が敷物や食料をまとめていた。かなりの早業である。

「素晴らしい。姫様のお手をわずらわせることになったのは残念ですが、素晴らしいです」

伝達官の賛辞に、皇女は胸を張り、莞爾《かんじ》と笑んだ。

「無名の弱卒としては、当然の仕事だ」

8

英雄的な行為はおろか、勇気を奮い起こす場面も、敵との遭遇さえなかった。

現実とは、そんなものだと思う。

身構えていてもいなくても、凶事が訪れるときは訪れる。そうでないときは、なにもない。

ファルバーンは祈りの言葉を辿り、皇女と伝達官を小鬼があらわれる通路まで案内した。相変わらず入口は崩落したままだったが、金貨を置いて少し離れると、文句をいいながら小鬼が姿をあらわし、伝達官の交渉に応じてまず皇女を、次に伝達官を遠方に送った。

残りのふたりは、見るなと命じられて背を向けていたが、それきり反応がないので気になってふり返ると、当然ながら、そこにはもう誰もいなかった。

あとは、ふたりと二羽で寄り集まって暖をとり、おそらくまる一日くらい、その場で過ごしたのではないかと思う。アルサールなら、正確なところがわかっていたのかもしれないが、とくに聞いてはいない。

博沙の兵が敵を捕縛し次第、広間の上段の縁で太鼓を打ち鳴らし、信号灯で合図を送るから、と伝達官が約束していった通り、遠くでどろどろと太鼓の音が響き、かすかな光が点滅した。それを確認して、ふたりは博沙の軍と合流した。

手がたりない中から、なんとか都合をつけたらしく、捕縛部隊は六名ほどで構成されていた。

ひとりは、ファルバーンを食堂に連れて行く係をつとめていた、あの兵だった。ご無事でなによりですと挨拶をしながら、ほのかにあたたかみの残る軍糧を分けてくれた。

賊は無事に生け捕られ、指揮を執っていた伝達官は、かなり満足気な顔をしていた。いつものように爽やかに、なにごともなくてよかったと笑顔を見せられたが、おまえらが突っ走って賊と戦いはじめるんじゃないかと気が気ではなかったので安心した、という心の声が聞こえてくるようだった。

当然だが、皇女の姿はない。

――よくよく考えてみるまでもなく、雲上人だものなぁ。

次に会うことがあるかどうかすら、わからないだろう。

ぞんざいに扱ったばかりか、チビ呼ばわりまでしても咎《とが》められずに済んでいるのは、ひとえに皇女の心が寛《ひろ》いからだ。ありがたいと思うべきだろうが、なんとなく癪《しゃく》にさわる面もあって、素直には褒められなかった。

そのへん、自分は心が狭いのだろうとファルバーンは思っている。

アルサールは、鳥たちを連れて《黒狼公》領へ行くことになっていた。日限の関係で北嶺に戻るのだが、《黒狼公》領で鳥を休憩させるとともに、そこに来ている別の鳥に乗り換えて、アルサールはまた都に戻るというのだ。

ファルバーンも都に連れて行くことになっている、と説明を受けたのは、ともに《黒狼公》領まで移動してからのことだ。もっと早めに教えておいてほしい……というのはともかく、なにがどうしてそういう流れになるかの説明が、先にあってほしい。

「は？」

「姫様のご命令です。伝達官殿より、ご伝言を賜ったのですが……『約束通り、《黒狼公》の若殿には話を通しておくから、さっそくお仕えするがよい』とのことだそうで」

「伝達官殿が」

「はい、伝達官殿が」

アルハンで直接伝えず、《黒狼公》領に移動してからアルサールにいわせるあたりが、伝達官らしい。つまり、さりげなく退路を断っておくというか……博沙から追い払っておくあたりが。

「それ、拒否権はあるんですかね？」

ファルバーンの問いに、アルサールは苦笑して答えた。

「どうでしょう。無理に連れて来いと命じられたわけではないですから、お嫌であれば、都へは俺ひとりで行きますよ」

——余分な荷物がない方が鳥も楽だし、といったところだろうな。

そんな風に考えてしまいながら、ファルバーンは尋ねた。

「出立は、今日中ですか？」

「いえ、発つのは明日の朝です。クラルたちは、交替員が乗って、今日中に発ちますが」

クラルは皇女のお気に入りの鳥で、今回、アルハンへの往復でファルバーンが乗った鳥でもある
——と、訊いてもいないし興味もないことを説明された。

そこはどうでもよい。それより、ファルバーンがどういう扱いで都に行くことになるのかを、もう少し、はっきりさせたい。

《黒狼公》家の家臣として行くのか、それとも、皇女の紹介という曖昧だが強力そうなものをあてにして、ふらっと訪ねて行くしかないのか。

「わかりました。じゃあ、代官殿と話をしてきます」

鳥用の厩舎は高いところにある。久しぶりの街を見下ろして、ファルバーンは自分の心に問いかけ

た。帰って来たという感慨が、あるだろうか。

——ないわけではない。

ファルバーンには故郷がない。家族も、友もない。帰るべき家すらない。

このまま、拠《よ》り所のない人生を送っていくのだろう。今も、そう確信している。

皇女の言葉が、耳によみがえる。

——ヤエトが、そなたを自由にしてくれたのだ。

世間という波間をただようだけだったファルバーンが、ほんのひととき、救い主という拠り所をみつけた。ついてまわって、彼のために戦おうと心に誓った。だが、ろくに戦うこともできないまま事態は一応の決着を見てしまった。

役に立っていたと皇女はいってくれたが、まだ全然たりなかった。実感が持てない。

自由にしてもらったという事実すら、うまく摑めていない。

淡い不安がどこかにある。自由になったというなら、自分はもうここに戻って来てはいけないのではないか。帰る理由など、ないのではないか。

それでも《黒狼公》の邸宅に向かうと、建物の佇《たたず》まいには懐かしさがあるし、庭の緑はもちろん、空気の色までもが親しく感じられた。見慣れた顔がいくつもある。元気だったかと声をかけてくれる者もあるし、久しぶりと手を挙げて挨拶する者もいる。

代官に至っては、おお、と大仰に両手をひろげて彼の名を呼んだ。

「ファルバーン様じゃないですか！」

公的な場でなければ、代官は彼の名に様をつけて呼ぶ。元アルハンの王族という身分を鑑みてのことだろう。代官としては、なにかあってファルバーンが権力を取り戻した場合に備えた保険、といったところか。

「ご無沙汰しておりました」

「いやぁ、何ヶ月ぶりですかね？　ずいぶんと……久しぶりな気がしますが」

「そうですね」

自分の年齢にすら頓着しないファルバーンだ。《黒狼公》領を後にして、どれくらい経ったかなど、さっぱりわからない。

「実のところ、もう帰っておいでにはならないかと思っておりましたよ」

曖昧に微笑んだファルバーンに、代官は、ほら、とひろげた手をひらひらさせた。

「ファルバーン様は、こう、どこか自由な感じがおありでしょう？　どこかに飛んで行って、戻って来ないような予感がありまして」

この表現には、さすがに苦笑せざるを得ない。自由になったといわれたことに、まだ当惑しているというのに。

「鳥のように飛べるわけではありませんから。ところで、さっそくなのですが――」

「ご隠居様でしたら、こちらにはいらっしゃいません。隠居所の方です」

「それは存じております」

皇女殿下にお話を伺いました、と微笑んで見せると、代官は少し調子を落とした。

「でしたら、ご隠居様がずいぶんとその……状態がお悪いという話は？」

「お身体の方はともかく、お心の方が、と」

「ああ、そうですすそうです。まぁ、お頭《かしら》……じゃない、ジェイサルド様がついていらっしゃいますから、なにかあればすぐに報せてもらえるはずなのですが」

それはどうだろう、とファルバーンは思った。ヤエトが正気付いたと聞けば、代官は凄い勢いで書類を持って行くに決まっている。当然、ジェイサルドもそこを考えて、報せは遅くするのではないか。

「若殿様は、都の方にいらしたと伺いました」

「ああ、そうなんですよ。学舎にね……これがまたけっこうな物入りで……しかも都は物騒ですからねぇ。できれば、若様には戻って来ていただきたいくらいですが」

「皇女殿下より、その若様の従者としてはたらいてはどうか、とのお言葉を賜りました」

「姫様から？」

「こちらに来る前に、暫くご一緒していたので。その折りに」

「へぇ、そうなんですか。……ええと、若様の従者？」

「従者です。代官殿のお考えも、伺いたいのですが。どう思われますか？」

代官は眼をしばたたいた。その善人面の奥で、怪《け》しからぬものも含めてさまざまな考えが閃《ひらめ》いては消えているのだろう。

こう見えて、代官は非常に優秀な男のはずだ。

優秀でなければ、盗賊時代のジェイサルドの部下として長生きなどできない。その上、引退後すぐ、ジェイサルドが心服していたという先々代の《黒狼公》の領地に送り込まれているのだ。よほど認められているのだろうし、同時に信頼もされているのだろうと思う。無駄に大きなことを仕出かしはしない、という面で。

代官が買われているのは、小ずるさと抜け目のなさ、辻褄《つじつま》合わせや、当意即妙の対応力。それと、簡単にはものごとを投げ出さない粘り強さ——といったところではないか。

壮大な計画を立ち上げたりはしないが、今あるものを的確に、損なく運用する。代官にあるのは、そういう種類の才覚だ。

「なるほど。そりゃあ悪くない考えかもしれませんね」

その代官がこう評価するなら、皇女の考えもまずくはないのかもしれない。もっとも、代官が本気でいっているかどうかは、きちんと見極める必要があるが。

「悪くないと思われますか」

「また物入りではありますが——」

お仕着せの準備とか、武具などもそれなりに整えないと、といったことをぶつぶつつぶやき、空をみつめてどうやら暗算もしたあとで、うん、と代官はうなずいた。

「――どこの誰ともわからぬ輩にまかせるよりは、ずっとよろしいでしょう。あなたには、弱みがありありませんしね」

「弱み、ですか？」

「そうですよ。親類縁者の多さや交遊範囲の広さは、従者には必要ない、むしろ邪魔になることも多い特徴です。弱みですよ。逆に、ファルバーン様の天涯孤独という境遇は、それだけで大いに強みです。邪魔も入りづらいですし、脅しの種も少ないでしょう？」

「なるほど……」

褒められているようだが、あまり嬉しくはない。

――同じような感じで皇女があれこれ挙げたときは、こんな微妙な気分にはならなかったが……。

これが人徳の差というものだろうかと考え込むファルバーンに、代官は次の利点を探しだした。

「腕も立つと聞いていますし。反りのある剣を扱われるんですよね？」

「はい」

博沙を発つときにようやく返却された剣に、手を添える。暫く身に帯びていなかったが、それでも剣は彼の身体によく馴染んだ。

「でしたら、都の貴族連中、殊に沙漠越えの頃にはまだ子どもだったような世代には、学んだことのない剣術を使う相手ということになるでしょう。それも有利です」

「そうあれたら望ましいですね」

代官は、心得顔でうなずいた。

「若様ともまぁ……そこは、どうでしょう。顔見知り程度でいらっしゃいますかね？」

「そうですね」

信頼関係は、これから築くしかない。

「とても素直なかたでいらっしゃいますからね。ファルバーン様の方から、胸襟を開いていく姿勢をお見せになるとよろしいかと。ええと……しかし、なんでまた姫様がそんなことを？」

ヤエトの役に立ちたい仲間……という皇女の言葉を思いだしたものの、そのまま伝える気にはなれなくて、ファルバーンは適当に改竄《かいざん》することにした。

「殿のお役に立つにはどうすればよいか、ご相談しましたところ……それなら、若様の従者としてお仕えすれば、お喜びいただける結果になるのではないか、とのご助言を賜りました」

「なるほどなるほど。さすが姫様ですなぁ！」

「代官殿にも認めていただけましたし、アルサール殿が都に戻られるときに、乗せて行ってくださるそうなので……明日にも、若様にお会いしようと思います」

「ああ、でしたら都の家宰《かさい》に一筆書いておきましょう。若様にお仕えするようでしたら、学舎の寮に部屋が貰《もら》えると思いますが、揃えるものもありますからね。今夜には、お渡しします」

「ありがとうございます」

「いえ、いえ。若様にお付けする者を雇う話はしていたのですよ。ただ、都も人材がね……いろいろあって、払底しておりますからね。若様のお近くにお仕えするのですから、誰でもよいというわけにも参りませんでしょう。従者がいなくてもなんとかなるという、若様のお言葉に甘えてしまっておりまして。ですが、ファルバーン様が行ってくださるなら、わたしも安心できます」

「ご期待に沿うよう、努力します」

「博沙からいらしたのですよね？　お疲れでしょう。お茶など用意させましょう」

「ありがとうございます。自分で厨房へ行きますから、お気遣いなく」

「厨房は今、華がなくてねぇ……。スーリヤがいませんし」

「それは残念ですね」

スーリヤがいないと聞いて、ほとんど反射的に言葉がこぼれた。

茶の淹れかたを、スーリヤに教わったことがある。彼女の淹れた茶は、味が違うのだ。ファルバーンが感銘を受けるほど、である。

「つい昨日？　いや、一昨日？　……まぁとにかく最近まで、いたんですけどね。隠居所へ戻ってしまって……もともとあの娘は隠居所に詰めてるんですよ。料理をね、ジェイサルド様が……なさるのは、どうかという話がありまして」

「ああ」

すべて察して、ファルバーンは微笑んだ。代官も笑みを返す。

非常になごやかな光景だが、かれらが想像しているのは地獄の味である。

「奥様が……ああ、皇妹殿下ですね。お見えになっていたので、お世話をするために、こちらに呼び戻していたんです。で、奥様が都にお戻りになる前に隠居所をお訪ねになるというので、スーリヤもご一緒して……それで、昨日だか一昨日だかに、戻ったんです」

不意に、ファルバーンは胸が詰まる思いがした。

なぜかは、よくわからない。

敢えて言葉にするなら、こうだった。

「皆、それぞれに、殿にお仕えしているのですね」

ずっと隠居所でヤエトの面倒をみているらしいジェイサルドはもちろん、スーリヤも、代官も。アルサールも、そうだ。

皆が、信じてはたらいている。ひとりひとり、やりかたは違っても、日々積み上げて——待っている。ヤエトが戻って来る日を。

「そりゃあ、そうですよ。わたしだって、殿がお戻りになったときのことを考えて、頑張ってますよ。人が減ったり景気が悪くなっていたり、飢饉《ききん》や暴動などに見舞われていたりしたら、申し開きのしようがないじゃないですか。及ばずながら、精一杯、頑張りますよ」

ですから、と代官は言葉をつづけた。

「ファルバーン様も、頑張ってくださいよ」

「はい。そういえば……代官様は、ことば使いの話はご存じですか」

「ことば使い？　笑わない小鬼の話ですか？　あの、ほら。口にしたことがなんでも実現する力を持って生まれた男が、金貨しか欲しがらないし笑いを理解できない小鬼となら平穏に暮らせるっていう」

そういう話だっただろうか。いや、代官はそういう解釈をしたのか、と思っていた端から、ああ、と代官は手を打った。

「思いだしました。うちの奥はね、あれを夢だっていうんですよ」

「夢？」

「はい。あの小鬼は、ことば使いの夢だと。強力過ぎる力を持て余したことば使いが、破滅的な関与をしない範囲で世界を見てまわりたいと、そんなささやかな夢をみた——それが、あの小鬼になったという解釈だそうで。金貨一枚で人をひとり運ぶ。それ以外はしないし、できない。人が大勢いるところには近寄らないし、感情を動かすこともないから、けっして泣きも笑いもしないんですと」

ずいぶん穿《うが》った解釈ですよねぇ、と代官は笑いながら語った。

「そうだとしたら、ずいぶん寂しい話ですね。ことば使いほどの能力を持つ者が、実現させた夢にしては……」

あまりにも、ささやかな。けれど、切実な。

「そうですねぇ……。たぶん、芝居の台本を書かせたら、観客の涙を搾り取るような筋立てにするでしょうねぇ」

「皇女殿下にもお聞かせしたのですが、おのれの分をわきまえるべし、という風に解釈なさってましたよ」

「ああ、それはまた……いかにも姫様らしい。それで、ファルバーン様はどのように？」

「人にはそれぞれ居場所がある、と考えました」

ことば使いは、沙漠の中の寂しい水場に。商人は集落に。それぞれ、属すべき場所がある。ただ、小鬼は人ではないから、人の居場所に関連づけることはできない。そんな風に考えていた。

——自分もまた、小鬼のようなものなのだろうと。

そう考えていたが、少し違ったのかもしれない。ファルバーンにも彼の居場所があって、いつでも探しに行くことができるのだ。

「都はわたしにとって親しい土地ではありませんが、若様の従者として、今はそこへ赴くべきなのだから、そこが居場所ということになるのかと考えていて。それで、小鬼の話を思いだしたのです」

「なるほど、なるほど。しかし、都へ送り出すと決めたばかりですのに、こんなことをいうのもなんですが……また帰って来てくださると、嬉しいですね」

「きっと帰りますよ。若様のお供で」

「ああ、それはそうだ。よろしくお願いします。さて……一筆書いて参りませんと」

「よろしくお願いします。今夜はこちらに泊めていただいても？」

「なにいってるんです、もちろんですよ。厨房に行かれるようなら、奥に声をかけてください。なんでも手配してくれると思いますよ。わたしなどより、よっぽど気がつきますしね。持ち物についても、訊いてみるといいですよ」

では失礼、と立ち去る代官の背を見送ってから、ファルバーンはあたりを見回した。

ここを故郷とは思えない。我が家というわけでもない。それでも今は、帰って来ると表現できる場所になっていることを実感しながら、彼は厨房へ向かった。

スーリヤのお茶を飲めないのは残念だが、博沙でやたらと食べさせられた乾酪からは解放されたことだし、《黒狼公》の料理人は腕がよくて親切だ。代官の奥方と話をしていれば、ちょっとつまむものを出してくれるだろう。都での冒険の前に、美味しいものを味わっておきたい。

——ついでに、夢の小鬼の話を詳しく聞いてみるか。

人それぞれの解釈を面白く感じている自分に気づいて、ファルバーンはちょっと愉快になった。なにごとにも興味が持てない時期は、いつの間にか過ぎ去っていた。むしろ今は、なにもかもに興味があり過ぎた。

ああ、と彼は思った。

——これが、自由ということなのだろうな。

ヘルムデル先生の帽子

1

手紙を書くのは、意外に難しいものだ。

——自分で勝手に、難しくしちゃうんだよな。

もっとうまく書けるはず、という根拠のない自信。高いだけで曖昧《あいまい》な目標のせいで、どう書いても満足できない。あるいは、そもそも文章が出てこない。気づけば、時間だけが過ぎ去っている。

今日もまた、キーナンはそんな状況に陥っていた。

長いため息をついたところで、声がかかった。同室のティルケンだ。

「さっきから、なにを呻吟《しんぎん》している。恋文でも捻り出そうとしてるのか？」

「捻り出すなら、まず恋人からだよね……」

ふん、とティルケンは鼻で笑った。

「じゃあ、教授への嘆願書か。宿題の量を減らしてください、とか」

「そんなの書いても倍に増やされるだけだろ」

「どうだかな。《黒狼公《こくろうこう》》閣下直々の嘆願なら、考えてもらえるかもしれん」

キーナンは声の主の方を見た。

「とぼけるのは、やめてくれないか。なにを書いてるのか、わかってるんだろ、ティル」

「そりゃあね。入学以来、ずっとだからな」

ティルケンとは、学舎の伝統で《同室者》と呼ばれる関係だ。

学舎は全寮制。入学から卒業まで、例外なく相部屋だ。入学時に学舎側が勝手に部屋割りをする。どちらかが卒業するまで、《同室者》はずっと《同室者》だ。一方が先に卒業しても、残された生徒に、次の《同室者》があてがわれることはない。唯一無二の学友、それが《同室者》なのだ。

卒業後の宮廷生活にも、《同室者》という呼称は影響をおよぼす。家格の違いを無視して親しい口をきいたり、同行したり。貴族社会のさまざまな縛りも、《同室者》という呪文ひとつで突破できてしまうのだ。

他人から見れば、ティルケンはここ数年で最大の当たりくじを引いたようなものだろう。

「で、今回はどこで悩んでるんだ。手紙の題材か？　それとも表現か」

手助けなどしたくないという風にふるまってはいるが、その割に、助言する声や表情に張りがある。実は関与したくてうずうずしているのだろう、とキーナンは思っている。

文案を考えるのは好きだが、それを見透かされ、ましてや利用されたりするのは御免だ、といったところか。

ともあれ、キーナンは正直に答えた。

「すべてだよ」

ティルケンは、手入れの行き届いていない髪をかき上げた。邪魔になったから髪をつまんで短剣で削ぎ落とした、みたいな気分次第の散髪をしているせいで、いつ見ても不思議な髪型である。

「季節の挨拶なんだろう、その、尚書卿への手紙って。あまり深く考えずに、さらっと書いてしまえ」

「そうできればね」

キーナンは、机の上に広げた帳面を眺めた。これは、手紙の下書きに使っているものだ。

机の上に影が落ち、つづいて手が視界に入る。その手は、キーナンの許可も得ずに、積み上げてあった帳面をとり上げた。

「下書きから書きはじめるのがまずいんじゃないか？　身構えてしまうだろう、そんなことをしたら」

「いきなり名文が書ける人はいいよね……」

ティルケンは、文章を書く技術に長けている。ついでに字もうまい。学舎一の能筆家として、つとに有名である。

「むしろ、これだけこつこつと努力している君が凄いと思うがね。いずれ報われるだろう」

「今すぐ報われたい」

「報われてるんじゃないか？　相応に」

「それにしては、書けない」

「おそらく……そうだな、書くという行為について考えたことはあるか、キーナン」

いきなり大きな問いである。今だってせっせと考えてはいるが、書くという行為、の定義自体が違いそうだ。

「ええと……今の状況については、取り繕おうとするから書けないのかなぁ、と」

「なるほど、それも着眼点はよさそうだが、それ以前の問題として、だ」

「うん？」

「君は、書かれたものを読む量が少ないいんじゃないか？」

キーナンは、眼をしばたたいた。

「読む量……？」

「必要に迫られでもしない限り、なにも読まないだろう。それでは量が少ないに決まっている。読んだ量が少なければ、語彙《ごい》も増えないいし、表現の幅も広がらない。話し言葉と書き言葉には、差異がある。話しているようにそのまま書けばいいのに、と思うだけで筆が進まないのは、そういう理由だ」

「なるほど」

「とはいえ、読書による文章力の向上なんて、それこそ少しずつ積み上げるものだ。そう簡単なものじゃない。そこで、だ。切り口を、変えよう」

「切り口？」

見上げるキーナンに、ティルケンは真面目くさった顔で宣告した。

「下書きを、読み直すんだ。入学してから今までのあいだに、君が積み上げてきたものだ。これまでに書いてきたものを確認するのも、大いに学びになると思うぞ」

「いや、……それはそれとして、なんでティルが読んでるんだ？」

ティルケンはもう、キーナンの方を見ていない。視線は、帳面に並んだ文字を追っている。つまり、キーナンがこれまでに書いてきた下書きの数々を読んでいるのである。

少し間を置いて、その事実が頭に染み込んだ。

キーナンは立ち上がり、ティルケンの手から帳面をもぎ取ろうとした。が、空振りした。すかさず半歩下がられたからである。

「面白くないだろ、稚拙な手紙の下書きなんか読んでも！」

「いや、なかなか興味深い。これなど、入寮直後の話だろう……懐かしいなぁ、ほら、上級生から試練を申し渡されたときだ。当時は、わたしも大人気ない態度をとっていたな。今にして思えば、恥ずかしい話だ」

「だから、その恥ずかしい話を読むなって！」

「尚書卿にご心配をおかけしないよう、けっこう包み隠してるんだな……君の配慮が窺《うかが》われる。この、『気が合いそうもない《同室者》なのですが』からはじまる一文を、推敲《すいこう》で消しているのが、今さらではあるが胸に迫るね」

「今さら過ぎて、ありがたみのかけらもないよ！」

いつも本を読んでいる窓辺まで追い詰められたティルケンは、キーナンが帳面に指をかけても譲るどころか、開いた頁を示して尋ねた。

「これはあれかな、わたしが君をそそのかしたときの話か」

「え、どれ」

キーナンは、帳面を覗き込んだ。


今日は、ヘルムデル先生ともお話をする機会がありました。

義父上が学舎におられた時代から、学寮の責任者をつとめておいでだと聞いています。

先生のお部屋には、いたるところに本が積まれていて、義父上のことを思いだしました。


「ああ……そうかも……いや、なに、その『そそのかした』って？」

「部屋割りの変更を申し出たときだろう？　どうしても変更したかったのは、どちらかといえばわたしだが、君に行かせた」

「……は!?」

「当然だろう。《黒狼公》が直々に申し出れば、可能性はある。それで駄目なら、諦める方が賢いといえるだろう」

「いや、えっ？」

ティルケンは、かわいそうなものを見るような目つきである。

「キーナン、君は人に利用されやすいということを、覚えておいた方がいいね」

「だって、あのときは――」

――ぼくだって、苛立《いらだ》ってたんだ。

彼を苛立たせるように、ティルケンがふるまっていたのだとしても。

それでも、キーナンがもう限界だと、卒業までこいつと同室なんて耐えられないと思ったことも、揺るがせにはできない事実である。どちらがより変更したかったかを競うなら、あまり負ける気がしない。

キーナンは、当時を思いだした――。

†

学舎では、家名を忘れる決まりである。生徒たちが家名ではなく名で呼びあうのは、その決まりを守っているからだ。

だからといって、皆が家名を知らないわけではない。

入学してほどなく、キーナンは、自分が一方的に家名を知られていることに気づいた。

一代で大出世をした先代《黒狼公》の養子に迎えられたキーナンは、紛れもない有名人である。廊下を歩いているだけで、あれがあの……という声が聞こえてくるほどだ。

それなのに、キーナンは周囲のことをほとんど知らない。

入学前に、学舎生活にあたっての注意点は教わった。教師役は、大先輩であるルーギンだ。

――もっとも重要なのはね、君が四大公家の当主である、ということだ。つまり、並び立てる者など、学舎にはひとりもいない。正直にいって、なにも気にしないで眺めていればいい。そして、ここぞというところでは、自分をつらぬいてかまわない。

きょとんとしているキーナンに、ルーギンは、それは華やかに笑って告げた。

――なにが正しくてなにが間違っているかを決めるのは、君なんだ。

それが《黒狼公》であるということなのだろう。

もちろん、無視しない方が楽に過ごせる相手はいる。有力貴族の縁者というやつだ。そこは押さえてあるのだが、逆にいえば、キーナンが家名と名を一致させることができるのは、その数名のみ。ほかは、まったくわからない。

家格が低い生徒をひとまとめにして知ろうとしないのも、変な気がした。家名を呼ばない決まりのせいで、誰がどの家の出身なのかわからないまま、日が過ぎていく。

たとえば、《同室者》だ。ここから、改善したい。

「ティルケン殿」

寝台に転がっていたティルケンは、どうとも解釈のしようがない声を発して起き上がった。ああ、のような、ええ、のような……どちらでもかまわないだろうと思うほど意味のない音だ。

帝国貴族の例に漏れず、ティルケンは金髪の持ち主だ。ただし、かなり褐色寄りで、色味が濃い。

貴族としての体裁を気にするなら、もっと明るい色に染めてもおかしくはないが、色を云々する以前に、髪型がおかしい。つねに、乱れている。よくいえば、斬新な髪型だ。

当時のキーナンは、ティルケンの散髪を見たことがないから、なぜこんな髪型なのかを知らない。

実は、一回だけ見ているのだが、まさか、思いついたように髪を摑《つか》んでえいっと削ぐのが散髪の一環をなしているとは想像もしていなかったので、認識していなかった、というのが正確なところだ。

その混沌とした髪をかきまわしてからようやく、ティルケンは言葉を発した。

「なにかご用ですか」

キーナンは、口ごもった。

ここに至るまで、ティルケンとはほとんど会話がない。部屋にいるあいだ、相手はずっと寝転がって本を読んでいるのだ。読書の邪魔になってはと遠慮していたところ、一切の会話が排除された静かな部屋になってしまった。

ほかの部屋から聞こえる楽しげな笑い声はもちろん、怒声までもが羨ましい。

──いや、ここで躊躇《ちゅうちょ》しても意味がない。

決意して、キーナンは声に力をこめた。

「失礼ですが、わたしはティルケン殿の家名を存じあげません。支障がなければ、お教えいただいても？」

ティルケンは、また頭をかいた。自由に跳ねていた髪がおとなしくなる──などということはなく、混沌《こんとん》から混沌へと若干の変化があっただけだ。

「なんのために？」

少し考えてから、キーナンは答えた。

「わたしの心の平穏のために、です」

「はい？」

「ティルケン殿はわたしの家名をご存じなのに、逆は成立しない。なんというか……落ち着かないのです」

「一方的、ということでしょうかね？」

「あ、はい。そんな感じです。そう、一方的」

「なるほど。《青猫公《あおねここう》》家です」

ティルケンの返事は、さらりとしていた。一瞬、回答が得られたことに気づかなかったほどだ。

「えっ……と、はい、ありがとうございます」

キーナンの知識には存在しない名前だ。つまり、十二大公家に含まれないどころか、四十八公家からも漏れている、ということになる。

動物の名を冠しているから、沙漠越えを済ませてから家名を名乗りはじめた、いわゆる俄《にわ》か貴族ではないはずだ。貴族の家名は登録制なので、無茶な名前をつけると却下されてしまう。そして、登録さえされていない偽貴族の子弟が、学舎への入学を許可されることはない。

「こちらからも質問していいですか？」

「もちろん」

「《黒狼公》は、養子でいらっしゃるそうですね。ご生家は、どちらなのですか？」

家名を訊かれたから訊き返す。正当ではあるが、キーナンは少し戸惑った。相手の口調に棘《とげ》を感じたからだ。

「《銀葉《ぎんよう》》です」

実父のエイギルは、沙漠の向こうでも弱小貴族の、しかも四男だったと聞いている。沙漠越えの後、みずから家名をつけた——家格的には最低もいいところなので、公をつけないのが通例である。公式の場では公をつけるが、そもそも、公式に家名が呼び出される機会など、ないも同然。それが、下層の貴族というものだ。

皇女の騎士団の副長とは、彼の家格に許される中では最高に近い役職だろう。

「《黒狼公》と《銀葉》、呼ばれるときには、どちらをお望みです？」

——これ、完全に喧嘩を売られてるよな？

最低限の会話しかかわさない間柄から、敵意満々の会話をする状態へと飛躍的に変化したわけだが、まったく喜べない。

「ティルケン殿、学舎では家名を忘れる決まりでは？」

「そのままお返ししましょう、キーナン殿。先に家名をお尋ねになったのは、貴殿です」

キーナンは、返答に詰まった。

ティルケンは表情を消し、冷ややかに訪ねた。

「読書に戻っても、よろしいですか？」

「もちろんです」

「それはよかった。なにしろ、《黒狼公》様のご気分を害するわけには参りませんからね」

「どうか、家名はお忘れください」

ティルケンは無言で横になり、キーナンに背を向けて本を読みはじめた。

——疲れる……。

歓迎会という名の、入学の試練を受けるところまでは、まだよかった。

それは学舎から公式に課されるものではなく、上級生たちからふっかけられる、無理難題のことである。そういう恒例の行事があるのだという話も、ルーギンから詳しく聞かされていた。

同じ時期に入学した学生は、キーナン自身も含めて四名。かなり少なめらしいが、政情不安を鑑みれば無理もない。逆にいえば、この時期に入学するには、それなりの事情があるということかもしれない。キーナン自身、これ以上、入学を遅らせるわけにはいかなかった。

学舎への入学は、学期ごとに一回、許可される。条件は、貴族であることと、学費を支払えること。この二点だけだ。入学するための年齢は公式には定められていないが、卒業は年齢で決まるため、入学が早いほど、多額の学費を支払うことになる。

よって、大貴族の子弟ほど早めに入学し、弱小貴族はぎりぎりに入学して学舎卒の肩書きだけをなんとかつける、というのが主流である。

キーナンの入学は、大貴族にしては遅い。だから、ずらせなかった。

ごく少人数の新入生。当然、試練の注目度も上がったのだが、それが逆によかった。意識を共有して頑張れた。

それが終わってからは、駄目だ。とことん、駄目だ。

——今のは、なにが駄目だったんだ……。

家名を訊いたのがよくなかったということだろうか。いや、いっそなにを訊いても駄目だったのではないか。ティルケンは、最初から機嫌がよくなかったのかもしれない。読書の邪魔をされたから、とか？

それか、と結論に飛びつきかけて、いや、とキーナンは考えを変えた。

——それだけじゃないだろう。

やはり家名になにか問題があるのではないか。

——《黒狼公》と、家格に差があり過ぎるから？

そんなことをいっていたら、学舎の生徒の大半が該当してしまう。

ため息をつきたくなったところを、キーナンは、ぐっと堪えた。学舎での生活は、はじまったばかり。これから何年もつづくのだ。今は永遠にも思えるが、過ぎ去ってしまえば一瞬のはず。

そう考えられる程度には、キーナンは人生の転変を体験している。だから、ある程度は我慢できる。そう思っていたのだが――。

翌日、キーナンはもう我慢できなくなっていた。

ティルケンが、領地の皆から渡されたお守りを、捨てようとしているところに出くわしたのだ。ごみかと思った、と。

「まさか《黒狼公》様が、このような汚らしい折り紙を大事になさっているとは考えられませんでしたので」

身体が沸騰するような感覚を覚え、キーナンは自分で自分にびっくりした。おどろき過ぎて、冷静になってしまったほどだ。

「他人の荷物に手を出されるようなかただったとは、思いませんでした」

「袖が引っかかって箱が落ちたので、中身がちらばっただけです」

ティルケンの表情は、つねにない緊張を帯びている。キーナンの怒りがあらわになっている、ということだ。

「なるほど、ごみを箱にしまって保存していると思われたわけか」

キーナンは、ティルケンをひたと見据え、言葉をつづけた。

「あなたの目にどう映ろうが、わたしにとって、これはごみではない」

「それは失礼を」

——おまえが汚らしい折り紙と評したものは、館に勤める者たちが、若様のご無事を祈って、と手渡してくれたものだ。

ごみ箱をひっくり返し、だいじな紙を拾い集める。手がふるえていて、少々厄介だ。

もちろん、怒りのあまりふるえているのだ。

折り畳まれた紙を一枚、開いてみる。稚拙な文字を見れば、誰が渡してくれたものか、どんな表情をしていたかまで、ありありと思いだすことができた。

——これは、庭師の助手がくれたものだ。

庭師の助手は、キーナンより少々年上だった。下手くそで申しわけないんですが、と口ごもっていた。それでもこうやって文字が書けるのは、こちらにお仕えできたからで。ほんとうに、ありがたいことで、と。

どう話せば感謝が伝わるのかと、言葉を探している皆の前で、キーナンもまた、返す言葉を探していた。

先代が隠居するときに、いくつか引き継いでほしい志があるという話をされたことがある。その内のひとつが、教育を行き渡らせる努力をつづけてほしい、というものだった。

——館の使用人には、読み書きや算術を学ばせていますが、そうした狭い範囲に限らず、できるだけ安価に、可能であれば無償で、民に学びへの道を開いておいてほしいのです。

——学びへの道、ですか？

少し考えるようにしてから、尚書卿は言葉をつづけた。

——知識は、財産です。教育を広めれば、皆がゆたかになる。すなわち、領地をゆたかにするのと同じことなのですよ。

使用人たちから渡されたお守りは、すべて宝物だった。習い覚えた文字で、それを教えてくれた《黒狼公》という家への感謝を語っているのだから。教育という見えざる財産が、キーナンのためを思って記した文字として、折り畳んだ紙として、手渡される——その、かけがえのなさを、どう言葉にすればいい？

あのとき、キーナンは先代の志の一部を継いだ気がした。はじめて、《黒狼公》としての正しいありようを体現できたと感じた。

領地の者たちにとって、都は遠く、危険な場所だ。ご無事のお戻りをという祈りの言葉に、それぞれの署名で力を添えて。悪いことがあれば、この紙が一枚ずつ引き受けてくれるからと。もし紛失したら、それはなにかの呪いや不運を若様の身代わりとなって受けたからだと。

木に結ばれた紙もあった。季節外れの花が咲いたようですね、とスーリヤがいったのを覚えている。地元に残る紙と、キーナンとともに行く紙。ふたつは呼応するのだという。

急拵《ごしら》えの成り上がり領主に過ぎない若造を、皆が心をあわせ、支えようとしてくれている——そのことに、キーナンは心から感動したのだ。だいじにしよう、と思った。不運を引き受けてくれたり、しなくてよい。むしろ、不運など自分で受け止めてみせる。

渡してくれた者たちの意図しない意味ではあったが、祈りの言葉を書いて折った紙は、キーナンにとって最高のお守りだったのだ。

「わたしの持ち物を勝手に漁《あさ》るようなかたと、一緒に暮らせる気がしません」

ティルケンは眉を上げた。

「先ほど説明しましたが？　床に落ちたから――」

「床に落ちたらごみですか」

キーナンの声の冷たさに、ティルケンは口を閉じた。

――もう限界だ。

キーナンはお守りを拾い集めると、上着の中に包んだ。このまま持ち歩こう。部屋割りの変更を、申し出よう。

ティルケンは、無言で寝台の方に移動した。また横になって本を読むのだろう。もう一生そのまま読んでろよ、と思いながらキーナンは部屋を出た。

怒りにまかせて歩きだしたものの、舎監の部屋に着く頃には、多少は平常心を取り戻していた。

おそらく、部屋割りの変更は受け入れられないだろう。伝統がどうこうといわれて。

最初に、そういう話をされている。部屋割りの変更はしない、全員が二人部屋なのは協調性をはぐくむためであって、これも教育の一部である。気が合わないなら、合わないなりのつきあいかたを学べ、と。

それでも申し出るべきだろうか、とキーナンは扉の前で、暫《しば》し考えた。

なんの努力もせずに部屋に戻ったとして、自分は自分に納得できるだろうか。ティルケンとの共同生活とやらを継続できるだろうか？

もちろん、無理だ。

そういうわけで、キーナンは確信を持って声をあげた。

「新入生のキーナンです。ヘルムデル先生に、お話ししたいことがあります」

ややあって、返答が聞こえた。

「入れ」

ヘルムデル先生は学舎の主だ——と、ルーギンには教わっている。

——なにしろ、わたしが学生だった頃からいらっしゃるのだからね。そして、その頃からもう、なんというか……まぁ、ヘルムデル先生だったね。

なんの説明にもならないその言葉を聞いて、個性的な人物なのだろうな、とキーナンは思った。

——頑固なんだよ。性格が変わっていなければ、だけど……まぁ、ヘルムデル先生の性格が変わるなんて思えないしなぁ。たぶん、今でも同じだと思うよ。

帽子を見ればわかるよ、とルーギンは微笑んだ。

——あの先生の角は、へたれてないからね。

角？　へたれてない？　どういう意味だろう？

当惑するキーナンを見て、ルーギンは笑みを深めたものだ。

――見ればわかるよ。ああそうだ、ヘルムデル先生は、けっして頭を晒《さら》さない。だから、上級生に賭けを持ちかけられても、絶対に乗らないようにね。

開いた扉の向こうに姿をあらわした、学舎の主、の部屋は。

――本だ。

室内は、壁といわず床といわず本だらけだった。

こんなに本がある部屋を、キーナンは知らない……と、少し前ならいっていたところだが、今はよく知っている。ヤエトが、どの邸《やしき》にも必ずこういう部屋を作ってしまうからだ。領地にもあるし、都の邸にもある。隠居所にもある。当然だ。

見知った光景であるから、この部屋にもさほどたじろがずに済んだ。ヤエトのおかげだ。

「失礼します」

一礼して、キーナンは中に入った。

本の山の向こうに座っていたのは、かなり年配の男だった。藍色の長い上着を纏い、頭には帽子をかぶっている。

鍔《つば》のない円錐《えんすい》形の帽子は、ほかでは見る機会がない形だ。これも藍色で、金属でできているのかと思うほど、ぴんと尖《とが》っている。

学舎の教授だけがかぶる帽子なのだそうだが、ほかの教授の帽子の先端は折れ、だいたいは倒れてしまっている。

ルーギンが、見ればわかるといっていたのは、この帽子のことだろう。尖った形は滑稽《こっけい》だが、妙に攻撃的な印象がある。

「用件をいいたまえ」

「部屋割りについて、ご相談したいことがあります」

ヘルムデルの眉が上がった。実にふさふさとした、立派な眉だ。

「変更はない、という話はしてあるはずだ」

「お考えいただく可能性も、ありませんか？」

「ない」

即答だ。なにをいっても考えが変わることはない、という姿勢が見える。

——これは、無理に押しても相手の心証を悪くするだけだな。

より正確には、突撃した時点で評価は落ちているだろう。居座れば、キーナンに対するヘルムデルの評価は、さらに悪化するに違いない。坂道を転がり落ちるような勢いで。

——なにか、ほかの方法を考えるしかない。

今なすべきは、すみやかな退却だ。

「……わかりました。お騒がせして申しわけありませんでした」

詫びの言葉を残して退室しようと身を翻したとき、広い袖口が、本に引っかかった。

――まずい！

山が崩れてしまう。素早く山のてっぺんを押さえて全体が崩れるのを予防し、同時に袖口をはずして、そっと本を押し戻した。

なんとか崩れずに済んだ、と思ったところで、上着の裾を引かれるような感覚を覚えたキーナンは、あわててふり向いた。背後にあった小机の端に置かれていた本が、引っかかってしまったようだ。

今度は対策が間に合わず、本は床に落ちてしまった。

「申しわけありません！」

急いで本を拾い上げる。

「どの本だ？」

ヘルムデルの問いに、キーナンはさっと表紙の文字に目をはしらせた。

「西の旧帝国の歴史書のようです。帝国文字で書かれた」

――もの凄い稀覯《きこう》本だったりしたら、どうしよう。

心臓の鼓動が速まった。これもヤエトと暮らすようになってから知ったのだが、本の中には、とんでもない値段のものが存在するのだ。殊に、沙漠の向こうの本は、おしなべて貴重である。写しならまだしも、原本であれば……。

ヘルムデルの視線が、厳しくなった。

「帝国文字が、読めるのか？」

「一応、読めます」

これも、ヤエトのおかげである。入学準備として、事前にいろいろ詰め込まれた知識のひとつだ。

「ほう。それは結構なことだ」

基礎教養だからと教えられたせいで、帝国文字は学生なら皆が読めるものと思っていたのだが――

ヘルムデルの反応からして、読める生徒の方が珍しいのかもしれない。

「この本は、机の上に戻せばよろしいでしょうか？」

「渡してくれ」

どうやって？　と思った瞬間。

背後から、声をかけられた。

「失礼します」

おどろいてふり向くと、さほど遠くない場所に南方人の女性が立っていた。慎み深く視線を落としつつ、手を差し出している。キーナンは、うながされるまま本を彼女に渡した。

女は、すいすいと本のあいだを通り抜け、無事にヘルムデルのもとへ本を運んだ。

「……皆、文字が読めるといっても商用文字ばかりだからな」

「商用文字が読めれば、帝国文字を覚えるのは難しくはないと思います」

隊商が物品の売買の記録をつける上で必要とされ、視認しやすさと正確性を求められた商用文字は、表音に特化している。どんな言語でもあらわせるし、数や単位、暦などは逆に、独自の語を採用しているのが特徴だ。

帝国文字は、建国にあたってととのえられたのが起源とされる。人為的に考案・統一されたものであるため、例外が少なく、覚えやすい。さらに、当時すでに一大勢力圏を誇っていた商用文字と、一対一対応になる工夫もある。

暗記するだけなら、そこまで難しくはない——というのが、最近暗記させられたばかりのキーナン自身の感想だ。

だが、ヘルムデルとの会話はここまでだった。

「用件が済んだなら、帰りたまえ」

2

「……あの頃のティルは、本当に、心の底から鬱陶《うっとう》しかったな」

「じゃあ成功していたんだな」

「なにがだよ」

「鬱陶しがられて、部屋替え希望を出してもらう作戦だ」

「その作戦は、ただの嫌がらせとしてしか機能しなかったね」

ティルケンは苦笑して、答えた。

「しかたないさ。まだ、ヘルムデル先生の性格が、わかってなかったからな」

「わかってたら、どんな作戦を考えた？」

「諦めただろ。そして、学生生活が少しでも円滑にできるように、《黒狼公》とは平穏な関係性を維持することを目指したかな」

「平穏？」

「いちいち揉めない雰囲気、だよ」

「なるほど。……ごめんティル、君と平穏という言葉が結びつかない」

「いや、読めよ」

ティルケンが、帳面をこちらに開いて見せた。


今日は、同期が全員集まり、歓談する機会がありました。四人も入ると、いつもの寮の部屋が、ひどく狭く感じます。

ごく短時間ではありましたが、それぞれの性格が窺えて、なかなか面白かったです。

同室のティルケン……は、前の手紙にも書いたから、ご存じですね。彼はいつも本を読んでいますが、さすがに話に入らないというわけには、いかなかったようです。もっとも、できたら平穏な読書の時間をつづけたい、と思っている素振りでしたが。

「平穏と書いてある」

「……これは君のことじゃないだろ、読書のことだ」

答えて、キーナンは手をひらひらさせた。いい加減、その帳面を返せ、という意味だ。

だが、ティルケンはつづきを読むのに夢中で、キーナンの方など見もしない。

「こんなこともあったなぁ。いや、すっかり忘れていたが、ヴァルが上級生に目をつけられたときだな、皆がこの部屋に集まったのは」

あー、という力ない声が、キーナンの口から漏れた。

なるほど、たしかにあのときだ。同期全員が、はじめてこの部屋に揃《そろ》ったのは。

†

学舎では、基礎教養として、帝国古語と広域歴史の受講が義務づけられている。

ヘルムデルは、その二講座の教授である。学舎に入るということは、ヘルムデルの講義から逃れ得ないということでもあるのだ。

ぴんと尖らせた帽子をかぶり、長衣を着込んでまっすぐに立つ姿は、全学生に記憶されるものとなる。講義の内容ではなく、規律の守護者として印象づけられることを、本人が望んでいるとは思えない。だが、学生の印象に残るのは、ヘルムデルがいかに規則を厳しく運用していたかであって、帝国古語の文法や、西の帝国の長く複雑な征服と併呑《へいどん》の歴史ではなかった。

ヘルムデル以外の教授が緩いので、余計にヘルムデルの堅物さが目立つのだ。廊下で会ったら立ち止まって挨拶、その姿勢も言葉も微塵の乱れも許されない。いや、それに限らず、なんでも許さない。もはや、ヘルムデルと書いて許さないと読む、くらいの勢いだ。

そういったことを知ってみれば、部屋割りの変更が許されないのも納得がいく。許されでもしたら、逆に怖い。そんな例外を許すヘルムデルは、ヘルムデルではない。偽者だ。

事件は、そのヘルムデルの講義の直後に起きた。

「キーナン殿」

呼ばれて、キーナンは足を止めた。

「カストラウ殿」

名を知っている相手で助かった。ただし、この生徒も家名は不明である。

廊下は薄暗かったが、相手の表情は容易に読み取れた。

——危機感？

なんだかまずそうな感じだ、と気を引き締める暇もない。カストラウは一気に距離を詰め、早口に言葉をつづけた。

「今、大丈夫ですか。ヴァルが、上級生にいいがかりをつけられてしまって……」

「ヴァレルーン殿が？」

――愛称で呼ぶほど親しくなったのか。

カストラウとヴァレルーンは、キーナンと同時期に入学した生徒だ。

ふたりで部屋を共有しているはずだし、愛称で呼んでも不思議はないが、一方でキーナンとティルケンがどういう間柄かを考えると、なんとなく気が滅入る。

「来てもらえますか。俺じゃ、相手にならなくて」

家名は忘れるもの――とはいっても、実際には誰も忘れてはいない。キーナンの《黒狼公》という肩書きは、最強の一手になり得るのだ。

「相手は？」

「ディラン様です」

わーお、とキーナンは心の中で思った。頭を下げる必要がない、ぎりぎりの相手だぞ、と。

キーナン以外に、現在、四大公家の本家筋で学舎に籍を置いている者は、ただひとり。《銀鷲公《ぎんわしこう》》家の若殿――それがディランだ。二の君の従兄弟《いとこ》にあたるらしい。

ディランは入学してすでに四年。学内での基盤は盤石だろう。面倒な相手であることは、間違いない。実年齢も、向こうが上だ。先輩後輩という概念が重視される学舎では、キーナンに不利がある。

安易にことを構えてよい相手ではない。

とはいえ、ここでカストラウの訴えを無視するのも、あり得ない。

「どういう事情で？」

「よくわかりません。俺が行き会ったときには、もう揉めていて。声をかけても無視されて、どうにもならなかったんです」

なにもわからない、ということがわかっただけだ。講義が終わってさほど時間は経っていないし、そこまで複雑な事情でもなさそうだ、そうであってほしいと考えながら、キーナンはうなずいた。

「なるほど。案内してくれ」

連れて行かれた先は、剣術の練習に使われている中庭だった。十名ほどの生徒が見える。その中に、ヴァレルーンもいた。

――目立つなぁ……。

ヴァレルーンは、南方人だ。

浅黒い肌は陽光を受けて黄金にかがやき、癖のない漆黒の髪がさらさらと風になびいている。濃淡さまざまな金髪に囲まれて立つその姿は、際立って異質だ。そして、美しい。

囲んでいるのは上級生ばかりのようだ。駆けつけたキーナンやカストラウの存在に気づいた者はいたようだが、無視を決め込まれている。

キーナンは、腹に力を入れた。やるしかない。

声は腹から出すものだ、というのはエイギルに教わった。

――注目を集めなきゃいけないだろ、英雄ってものは。

養子の話が決まってから、実父とふたりきりになれた時間は、ほんのわずかだった。そのとき、いわれたのだ。おまえは英雄になるのだ、と。

剣腕を磨いて騎士となる――それがキーナンの夢だった。現実的な未来に少しばかり色を添えた程度の、ささやかな。

だが、大貴族の跡取りになるという思いがけない運命が、キーナンを襲った。

世間では、それを幸運というのだろう。自分でも、わかっている。運が良いか悪いかでいえば、これは、良いとされる方であることくらい。しかし、下級貴族の、しかも長男ですらない少年にとって、それは幸運というには極端過ぎる。

キーナンは、自分の気もちを説明する言葉をみつけられないままだった。漠然とした不機嫌さを抱えながら、ふるまいだけは機敏に、明るくしようと頑張っていた。

――欲のないことだな、我が息子ながら。

キーナンの表情を、実父は正確に読んだ。そして、笑った。

――だが、それでいい。欲を出せば呑まれる。尚書卿に倣えば間違うことはないだろうが、権力は、どんな怪物より恐ろしいからな。

――はい。

――戦場に赴くのと同じだ。心休まることも少ないだろう。一兵卒のように夜番をつとめることはなくとも、戦局を左右する采配を手放すことはできない。英雄になるのだよ、キーナン。誰もにその名を知られる、隠れもない英雄にね。英雄は、そこにいるだけで力を及ぼすような存在なんだ。そして、おまえはこれから、そうなる。となれば、まず主張しなきゃならないことは、なんだ？

エイギルは、にっこり笑ったものだ。

——俺はここにいるぞ、だろ？

そして、声の出しかたを教え込まれた。隊長格に任命された騎士に教える——と、エイギルは表現した——部下を従わせるための発声だ、と。存在を、一瞬で響かせろ。意識させろ。上に立つのはこちらだと、直感させるのだ。必要なときが来たら、躊躇はするな。

今がそのときだ、とキーナンは思った。

——怖《お》じるな。気合入れて行け！

「ヴァレルーン殿」

叫ぶのではなく、しかし、はっきり通る大きな声で。

全員が、キーナンに注目した。背を向けていた貴族の子弟たちも、ふり返ってこちらを見ている。

もちろん、ヴァレルーンもキーナンを見ている。表情からは——なにも読みとれない。

ヴァレルーンは、第六皇子の親戚だ。第六皇子の母は地元の藩王の娘で、宥和《ゆうわ》政策のため、皇帝に輿入《こしい》れした。その兄弟だか姉妹だかの息子だと聞いているから、ヴァレルーンは藩王の孫、皇子の従兄弟ということになる。生粋の南方人が貴族の家名を賜ることは少なくないが、その子弟が学舎に入るのは珍しい。

実際、在学中の南方人は、このヴァレルーンを除いてほかにいない。

「なんの用だ」

問い返したのは、ディランではなかった。取り巻きのひとりだ。

キーナンは眉を上げた。

「失礼、あなたも同じ名前なのですか？」

全員が、なんのことだという顔をした。そりゃそうだとキーナンも思う。思うが、この路線で行こうと決めたから、言葉をつづけた。

「わたしは、そちらのヴァレルーン殿に声をかけたのですが……、まさかあなたもヴァレルーン殿とおっしゃるとは」

「ぶっ……無礼だぞ、新入生！」

「無礼でしたか？　それは失礼を。ですが、今いった通り、わたしはそちらのヴァレルーン殿に用がございますので」

キーナンは、ヴァレルーンを見て微笑んだ。引きつっていませんように、と思いながら。

「ヴァレルーン殿、折り入ってお話ししたいことがあるので、わたしの部屋にお招きしたい」

「こちらの用が済んでからだ」

さっきの上級生が割り込む。めげないなと思いながら、キーナンは相手の眼を覗いた。

「残念ですが、今度にしていただけますか」

——これで正解なのか？

誰にも頭を下げる必要はない、とルーギンは説いた。むしろ自分の権威を信じるんだ、と。自分こそが、その場の規則をさだめる者で、法であり、絶対の正義なのだと。

「こちらが先約だが？」

ここで、ようやくディランが出て来た。下っ端では埒《らち》が明かないと思ったのだろう。

だが、キーナンは彼には眼を向けず、ヴァレルーンを見た。

その表情から読みとれるのは、当惑とか困惑とか、そういった感じのものだ。ただし、切実に困っているという感じでもない。

——置き去りにしても、なんとかなるのかもしれないな。

その場合は、カストラウの読み違いということになる。が、ここまで来たら引くに引けない。

「ヴァレルーン殿は、こちらのかたがたと、約束がおありですか？」

「いえ……とくには」

「では問題ありませんね。行きましょうか」

「おい——」

ヴァレルーンの腕を、別の生徒が掴んだ。その手に、キーナンは自分の手を添えた。

「ご用でしたら、わたしが承りましょう。ヴァレルーン殿は、わたしの客人ですので」

そして、相手を見上げた。

——背が高いのばっかりだな。

舌打ちしたい気分だが、見上げるのにもそれなりに利点はある。上目遣いもうまく使えば、なんとなく不気味な感じを演出できるからだ。

これは、妹に教わった。妹は年齢相応に小柄だ。そして、媚《こ》びていると思われるのが嫌いだ。だが、周りを見上げるとどうしても上目遣いになり、かわいく見えてしまう。そこで妹は、背の高い男どもを不気味な笑いで見上げる手法を研究しており、キーナンもその練習台になったことがあるのだ。くだらないと思っていたが、まさかこんなところで役に立つとは。

実際、相手はなぜか弾かれたように後ずさった。うまく迫力を出せたらしい。

妹に幸あれと念じながら、キーナンは全員に背を向けた。

——自分を信じるんだ。

あるいは、家名を。《黒狼公》という名の重みを。

所詮は俄か養子。家名を利用するのは、気が進まない。だが、キーナンには使命がある。まずは、《黒狼公》家の当主として恥ずかしくない学生生活を送り、大貴族らしい風格を身につけ、ついでに人脈もつくりあげること。それができないなら、学舎に入った意味がない。

——先生……いや、尚書卿にはできなかったことを、目指すといいですよ。

ルーギンの声が、耳によみがえる。

——あなたには、尚書卿にないものがある。その若さ。帝国貴族らしい容貌、先々代の《黒狼公》との血の繋《つな》がり。自分こそが正統だと顕示することができるし、それさえ理解されれば、誰もあなたには逆らえません。それが、四大公家というものなのです。

自身も四大公家の名を背負うからこそ、ルーギンの言葉には重みがあった。

——自他ともに、実感できるようになさい。あなたは《黒狼公》なのだ、ということを。

どうすれば、それが可能になるのか。キーナンには見当もつかなかったが、それでも、今が勝負の時なのではないか、という直感があった。交渉に勝利し、有利な条件で停戦を約した、という状態にしなければ。

待っていたカストラウが、キーナンの背後に声をかける。

「ヴァル」

カストラウの表情から、どうやらヴァレルーンが動いたらしいことがわかり、キーナンはほっとした。少し歩調を落とし、ヴァレルーンが追いつけるようにする。

だが、そのまま歩み去ることはできなかった。

「待つんだ、新入生」

キーナンは立ち止まり、ふり返った。そしてまず、ヴァレルーンに告げた。

「先に部屋に行っていてください。カストラウ殿、お願いします」

返事を待たず、声の主を見る。

ディランは、いかにも《銀鷲公》の血筋らしく、竜種にも劣らない紫の眼をしている。この距離でも、はっきりわかるほどだ。頭髪は金というより銀に近い色合いで、短めに揃えられていた。容貌はではない。


全体に、やさしげな印象である。

「なにかご用が？」

「ただで済むと思わないように」

どう返すべきか。適当な言葉が思い浮かばない。

そこへ、声が降ってきた。よく通るというわけではないが、厳然たる響き。明らかに、学生のものではない。

「私闘は禁じられていることは、皆、承知しておろうな」

ヘルムデルだ。中庭に面した通廊に立つ姿は、見間違いようがない。ぴんと尖った帽子が目印だ。

その場に居合わせた全員が、姿勢を正し、顔から表情を消し去ろうとして失敗した。どの顔にも、やばい、面倒なことになるぞ、逃げる算段をしろ！　……と書かれている。

一瞬で、ディランとキーナンは連帯した。

「もちろんですとも、教授」

「心得ています」

競うように主張したが、ディランの方が若干、反応が早い。さすが上級生、ヘルムデルを見たら譲れ、という鉄則が叩き込まれている。

「挨拶をかわしていただけです。では、いずれまた」

ディランは、キーナンに笑顔を向けた。

キーナンも笑みを返す。妹と研究した、不気味寄りの笑みである。幸い、ヘルムデルからは見えない角度だ。

――しかし、このひとを見ると、邪悪とか不気味とか表情をつける必要がない気もするな。

穏やかな笑顔で、こちらを見る上級生。しかし、怖くないかというと、全然そんなことはなかった。

怖い。

怖いものを見なくて済むよう、キーナンは一礼した。

「失礼します」

これで立ち去ることが許されるのかは自信がなかったが、どうやら大丈夫だったらしい。

廊下の角を曲がってようやく、キーナンは大きく息を吐いた。まだ誰が見ているかわからないが、このへんで勘弁してほしい。大貴族らしいふるまいなど、慣れていないのだ。

部屋に辿《たど》り着く頃には、心の中で大反省会がくりひろげられていたが、扉を開けるところで、一旦中断する。

「入るぞ」

寮生に与えられているのは、続き部屋だ。寝台は寝台、机は机とそれぞれにまとめて配置されている。勉強するにも休むにも、同じ部屋にいることになるから、どうしても顔をつきあわせている感覚が強い。

その部屋に、今はカストラウとヴァレルーン、そしてティルケンの三人がいて、これからキーナンが入るのだ。親しくないとか無関係だとかでは済まされない距離感になる。

不満げな表情のティルケンと、まず視線が合った。

「若様、これどういうことだよ」

――若様？

おそらく自分のことだと思うが、臣下に呼ばれるならともかく、同室の新入生にそういう呼びかたをされるのは、しっくりこない。

「ご無事でなによりです」

カストラウは安堵を見せている。当然だろう。彼が、キーナンを面倒に巻き込んだのだ。

ヴァレルーンはというと、その秀麗な顔を俯《うつむ》けて、なにか考えこんでいるようだった。出窓に腰を下ろしていると、窓枠が額縁のようだ。つまり、絵になる眺めである。

カストラウが立ち上がって椅子を譲ろうとしたが、キーナンはそれを断った。ティルケンは当然のように座ったままだ。

かれら四名が、今期の新入生全員である。人脈を育てるために学舎に入ったキーナンとしては、せっかくの同期は全員味方にしたい。

「それで、ヴァレルーン殿、いったいどういう状況だったのか教えてもらっても？」

「なんでしょう」

どこか、ぼやっとした感じの返答が来た。この顔で口走ったのでなければ許されない気がすると思いながら、キーナンは問題点を絞る作業に入った。

「なにか難癖でもつけられたのですか？」

「事情もわからないのに首を突っ込んだのか？」

ティルケンが辛辣《しんらつ》な口調で尋ねた。まぁそういうことだと思い、キーナンはうなずいた。

「カストラウ殿に、助けを求められたので」

「俺が声をかけても、完全に空耳扱いでしたからね、あのひとたち」

「誰だったんだ？」

「銀の君ですよ」

「誰？」

「知らないんですか」

絶望だ、という表情で、カストラウが天を仰いだ。

「僕も知らない」

ヴァレルーンに絶望を後押しされ、カストラウの表情は無の境地に達した。彼を現世に呼び戻すべく、キーナンは問いかけた。

「その呼び名は知らないけど、《銀鷲公》家のディラン様のことだよね？」

「そうです」

「それも知らん」

「知らない」

ティルケンとヴァレルーンが、声をあわせた。

立ち直ったらしいカストラウが、ふたりに状況を説明する。

「銀の君は、来年にはご卒業なさるそうですが、現状この学舎の生徒の中では最高権力者だと考えておけば、間違いないです。ヴァルは目立つし、自分の仲間に引き入れようと思ったか、あるいはただ慰みものにしようとしていたんじゃないかと思って……」

「憶測か」

ティルケンに一刀両断されても、カストラウはめげない。

「手遅れになってからでは、後悔しきれないし」

「手遅れ？《黒狼公》家につくか《銀鷲公》家につくかは、個人の自由だろう」

「それはもちろん。ですが、学舎にはこう……見目の麗しい下級生が、上級生の個人的な下僕みたいな扱いを受ける場合があって」

カストラウの口調から、キーナンは、なんとなく察した。

「……それはまずいな」

渋い口調から、どうやらティルケンにも通じたらしい。当の本人は、どうもわかっていないような顔をしている。

困ったようにこちらを見るカストラウに、キーナンは少し苦い気もちで答えた。

「きっと、次は違う。君らは、あー、なんというか、わたしの庇護《ひご》下というのも違うだろうけど、そういう――」

「《黒狼公》が後ろ盾についた、ということか」

ティルケンの口調には、愛想もなにもない。ただ事実を投げつけるような話しかただ。わかりやすくてよい。

不意に、ヴァレルーンが口を開いた。

「訊いてもいいだろうか、キーナン」

「はい」

思わず姿勢を正したキーナンに、ヴァレルーンは実に緩い口調で尋ねた。

「先ほどの上級生たちは、自分たちの派閥に僕を引き入れようとしていたんだね？」

「たぶん」

「かれらの話が理解できなかったんだ。たとえばその、銀の君、とか？ 誰のことかわからなかったし、ご寵愛《ちょうあい》がどうとか、とくに目をかけてやるとかいわれても、なんの話か……」

でも、とヴァレルーンはつづけた。

「今の話で、あの偉そうな上級生が四大公家の血筋だということはわかったよ。君と同じだ、キーナン。その彼と真っ向から対立するのは、まずいんじゃないのか？」

「うーん……そこは、わたしの立場だからこそ対立するしかないというか……」

「僕のことは放っておいて、あちらと友好関係とか、不可侵条約みたいなものを締結するとかした方が、よかったんじゃないのかな？」

浮世離れしていると思っていたヴァレルーンが、条約を締結などといいだしたから、キーナンは少なからずおどろいた。ほかのふたりも、同じだったらしい。

「ヴァルが、まともなことをいってる……」

カストラウの、失礼きわまりない感想を、ヴァレルーンはあっさり切り捨てた。

「僕は、まともなことしかいわないよ。もっとも、そうだな……今となってはキーナンが方針転換するのは無理かもね。あのひとたち、なんとなく、洪水のあとの絨毯《じゅうたん》みたいだし」

「……それはどういう意味？」

カストラウの問いに、ヴァレルーンは答えた。

「諺《ことわざ》だよ」

「説明になってない。ちゃんと教えてよ」

「洪水のあとの絨毯は、洪水のあとの絨毯だから、洪水のあとの絨毯だっていうんだし。だからほら……皆、洪水のあとの絨毯を見たことない？」

全員が、首を左右にふった。

ヴァレルーンが、ため息をついた。

「そうか。よく考えてみたら、僕も見たことなかった」

キーナンは笑った。諺の意味はわからないが、今からディランの機嫌をとるのが大変そうなことはわかる。そして、そんなことをする予定はない。

「わたしはディラン様よりも、ここにいる皆と友好関係を築きたい」

ヴァレルーンは、小首をかしげて答えた。

「そうなんだ？　僕はそんなつもりはなかったけど」

カストラウの口が、ぱかっと開いた。呆《あき》れたらしい。

ティルケンは、咳き込んでいる。これは、笑うのをごまかしたのだろう。しかめた顔が、なんとも微妙だ。

「わたしは、そういうつもりなんだ。よかったら、考えておいてほしい」

「うーん……僕は、誰かと仲良くなったことがないというか、友だちとかいないので……」

「いいね。それじゃあ、わたしが友だち第一号に立候補しよう。よろしくお願いするよ」

しかし、ヴァレルーンの友人第一号はカストラウではないかと思いながら、彼の口はどうなったかと確認すると、今度はしっかりと閉じていた。

ヴァレルーンは、まだ首を捻っている。

「友だちって、なんなんだろう。よくわからないな」

難しい問いだ。暫し考えてから、キーナンは答えた。

「いろいろなものを、わかちあえる仲間、かな」

「食事とか？」

「今回のような災難も。もちろん、楽しいことをわかちあいたいけどね。でも、達成感、成功、失敗、悔しさ、喜び……なんでも。完全に一致はしなくても、同じ方向で心を寄せたりできる相手のことを、友だちと呼ぶんじゃないかな」

ティルケンが、不意に尋ねた。

「同意できないことがあったら、友ではないと？」

「いや、そうじゃない。それは違うと思う。お互いを……尊重しあえるのが、いいと思う。意見が違っても、それでも信じて行けよって背中を押してやれたり……あるいは、それは絶対に間違ってると思ったら、ちゃんとそう伝えられるような」

室内が、しんとなった。

――まずかったかな。

理想を語っているだけで、キーナンが実際にそういう友情を確立した相手がいるかと問われると、ちょっと自信がない。家族とは、そんな感じでやっていけていると思うが、過去の家族はもう家族ではないし、今の家族は――。

ぼんやりしているキーナンの手を、カストラウが握りしめた。いつの間にか立ち上がり、強くうなずいている。

「俺、家の格としては全然釣り合わないけど……友人第二号に立候補していいかな？」

それはかまわないが、第一号は誰なのだろう。ヴァレルーンには、その気がないといわれたばかりだ。

「もちろんだよ。何番めとか、そういうのも考えないようにしよう。お互いに納得しあえる限り、友だちでいられれば、それでいいと思う」

「キーナン……って呼んでいいかな？」

「それなら、わたしも呼び捨てにしていいかな」

「カットと呼んでくれ。友だちは、そう呼ぶんだ」

「ありがとう、カット」

「盛り上がっているところ、悪いが」

ティルケンが、冷ややかな声をかけた。

「悪くないよ。いいたいことがあるなら、どうぞ」

「じゃ、ありがたくいわせてもらう。友だちになりましょう、って声かけてなる友だちって、なんかおかしくないか？　それ、社交辞令で挨拶してるみたいなもんだろう？」

「なりたくなければ、ならなくてもいいよ。ただ、わたしは諦めないからね。ティルケン殿が友だちになってくれるまで頑張るよ」

お守りをごみ扱いされたことの怒りは、もう消えていた。事情を知らない人間が見たら、そう勘違いされてもしかたない、と判断できる程度に頭が冷えたからだ。なかったことにはならないが、それを踏まえて、つきあっていく方を考える。そうするべきだし、それができるのが自分の強みだと思っている。

「……本気か」

「生家の教えなんだ。押しても駄目なら、押して押して押しまくれ、と」

「凄い迷惑だな」

「相手が迷惑そうにしているかどうかは気を遣うべし。そして、自分が押すぶん、それ以外の圧力は徹底して代わりに受け止めるべし」

三人が、顔を見合わせた。声にしたのは、カストラウだ。

「たとえば、上級生の嫌がらせとか……って意味？」

「それも含めるよ」

「なんだか、凄いね」

ヴァレルーンが感想を述べ、ティルケンが話を終わらせにかかった。

「とりあえず、ひとりで出歩かない方がいいってことは間違いないだろうな。ヴァレルーンは、とくに徹底すべきだろう。それと、この部屋にこの人数は、いくらなんでも息苦しいから、そろそろ自分たちの部屋へ戻れ。ふたり一緒にな」

「そうだなぁ……鐘が鳴るまでは自由時間だけど、そろそろ終わる頃だし。その次の鐘までが自習で、それから夕飯だったよな。食堂行くの、気が重いなぁ。上級生に、なにかされないといいけど」

朝食は一斉にとるし、席も決まっているから、教師も必ず並んでいるから、上級生もそこまで我が物顔をしたりはしない。

だが、夕食は違う。ある程度は自由な時間に食堂へ行くことが許されているし、席も決められていない。問題が生じてしまうと、これはかなり厄介な制度だ。

「待ち合わせて行った方がいいかな」

不安げなカストラウに、ティルケンが顔をしかめて答えた。

「そこまでしなくてもいいだろう。少なくとも、俺は俺の好きな時間に行く」

「わたしが、カットとヴァルを迎えに行くよ。もしよかったら、ティルケンも同行してくれるかな？」

「今、好きな時間にって――」

「うん、だから、よかったらなんだけど。駄目かな？」

ティルケンが孤独を気取るつもりであっても、上級生たちがそれを汲んでくれるとは思えない。キーナンの助けが必要になった場合、できるだけ近くにいてくれると楽だ。

「断る」

――まぁ、そうなるよなぁ。

ティルケンが、いちばんの難物かもしれない。

「じゃあ、迎えに行くから部屋で待っていてくれるかな」

「わかった。ヴァルは俺が抑えとく」

ふらふらと勝手に出歩かないように、カストラウが見ていてくれるなら、心強い。

やはり、ヴァレルーンが狙われやすいのは確実だろうからだ。

「また、あとで」

挨拶をかわしてふたりが出て行くと、室内は静かになった。

いつもなら、ティルケンは寝台に転がって本を読む流れだが、今日はまだ椅子に座ったままだ。それればかりか、自分から言葉を発した。

「……ヴァレルーンが目をつけられたのは、美貌のせいだけではないだろう。彼は異人種だ。意味もなく蔑んだり、虐げたりしてもかまわない、と。そう思われたりもするはずだ」

キーナンは、はっとした。

帝国は一貫して、被征服民には寛大な政策をとっている。寛大過ぎて、たまに叛乱も起きたりするほどだが、これはとくに問題視されない。過激派をわざと蜂起させてから討伐するなど、不満分子の処理、あるいは帝国に不都合な勢力の圧殺などに利用するためだ。

寛大さは、平等とは違う。

「そうか……。そうだろうな」

「思いつかなかったのか？」

「わたしは……貴族の子より、土地の子と遊ぶ時間が多かったほどだし」

母も純血の貴族ではない。そして、キーナンを養子にした先代《黒狼公》もまた、併呑された異民族の末裔《まつえい》である……。

——だからこそ、あなどられないようにせねば。

キーナンが決意をあらたにしているかたわらで、ティルケンが、ぽつりとつぶやいた。

「うちの親は、貴族とは神に選ばれた存在、くらいの勢いだ」

その言葉にかぶさるように、自由時間の終わりを告げる鐘が鳴った。

3

「若様が、実は凄い頑固者なんじゃないかって気がついたのは、このときだったな」

「頑固かな」

「自覚がないとは呆れた」

それはそれとして、とティルケンはページをめくり、言葉をつづけた。

「君のこの帳面は、我々の学生生活の素晴らしい記録だな！　次々と、当時を思いだすことができるよ」

「感心したなら、君も書けよ。わたしより、ずっと達者な文章で、いくらでも書けるだろう。さあ、返してくれ」

「今から書いても当時のことは思いだせないだろう？　……って、これはなんだ。笑うじゃないか」

該当の箇所を示されて、思わず読んでしまう自分もいけないのだがと思いつつ、しかし、キーナンは律儀にそこを読んだ。

今日は、学舎の掃除をしている使用人と、少し話をする機会がありました。ヘルムデル先生に文字を教わったとのことで、帝国語の知識もあるそうです。おどろきます。聞いてみれば、学問にふれたくて学舎に来たとか。この女性の話を聞くほど、以前伺った、民に学びの道を開いておくようにとのお言葉が思いだされました。必ずや、お志を繋いでいこうと、あらためて心に誓ったできごとでした。

ところで、彼女はヘルムデル先生を「おやさしい」と表現するのです。失礼なのは重々承知ですが、それにも、おどろきました。


「これは、そのまま書いたのか」

「どれ」

「ヘルムデル先生がおやさしい、やつ」

「それか。どうやっても繋ぎがおかしいから、結局、書かなかったかな。失礼だしなぁ」

書けばいいのに、とティルケンは無責任なことをいった。

「しかしそうか。こういう筆のすべりを削除するために、下書きが必要なんだな」

「でも実際、ヘルムデル先生はユーラには『おやさしい』んじゃないかと思う」

「学びに熱心だからか？」

「そこで、若い女だからか、ってならないのがティルらしいよね」

キーナンが笑うと、ティルケンは顔をしかめて答えた。

「帝国文字の読み書きに興味を抱いていさえすれば、老若男女の別なく、まず一定の態度は期待できる。それが、ヘルムデル先生って存在だよ」

「その通りだけど、ヘルムデル先生だって木石じゃないんだからさ」

「じゃ、若い女だからなのか？　そもそも、なんだっけ。あの、おやさしくされた」

「ユーラ」

「それ。その女、若くはないだろう。まぁ、ヘルムデル先生よりは、ずいぶん若いが」

「そうだけどね」

†

学舎は、帝国人流の仕様で構築されている。つまり、あるものは使う、ないものは継ぎ足す、不便なら改善する、そうでもなければそのまま使う、だ。

結果、もとからあった南方様式の建物に、西の帝国風の建物が増築され、繋ぎに沙漠の技術が混ざったり、大河をくだった海沿いの意匠がなぜか紛れていたりと、文化の混濁が激しい。

学生はそれぞれ、無意識に自分に合う場所をみつけて、そこに溜《た》まるようになる。

キーナンも、友人二号のカストラウをはじめとする、友好的な学生たちとは、剣の中庭と呼ばれる場所にいることが多かった。戦闘訓練のための教練場と隣り合った位置にあるその庭は、飲めなくもないが美味《うま》くもない水が湧く泉盤があり、贅沢《ぜいたく》な日陰をつくる四阿《あずまや》もある。騒いでも文句が出ず、へとへとになったらちゃんと休める、という場所だ。学生たちにとっては、格式張らない社交の場といえた。

ひとりになりたいときは、馬房の裏手に行くことにしていた。

馬房は新しい建物で、帝国風だ。広い馬場は大河に面しており、開放感がある。

だが、キーナンが行くのはあくまで馬房の裏。馬房と、学舎に隣り合う廃墟——南方様式の邸宅だが、住人はいない。皇帝がここを都に定めたときに持ち主が逃げ出して、そのままだという。学舎の隣は、住環境としては魅力的ではないらしい。今では屋根は崩れ、扉もないため、廃墟と呼ぶのが妥当だろう——に挟まれた裏庭だ。

ぼんやりしたいとき、キーナンはこの場所に来るようになった。崩れかけた階段に腰をかけ、疲れた頭を休めるのだ。

どうやら洗濯物を干すための場所らしく、大きな布が風にはためいている。それが、なんとなく居心地のよさに通じていた。

実家の庭も、こんなだった。今は宮廷での社交が忙しい母だが、昔は家にいる時間が長かった。洗濯だけで一日が終わってしまいそうね、と笑っていたほどだ。

早朝と夕方を避ければ、洗濯物を扱う使用人に出くわすことも、滅多にない。だから、ユーラと出会ったときは、少しばかりおどろいた。

相手もそうだったのだろう。一瞬、表情に滲《にじ》んだ意外さをすぐに拭《ぬぐ》い去り、作業に入る。急に洗濯の必要が出たらしい、大きな布を抱えていた。まずは干す場所の確保からしく、張り巡らされた綱と、風にはためく洗濯物のあいだを移動して、乾き具合を確かめている。

なんとはなしに居づらさを覚え、キーナンは立ち上がりかけた——が、思い直した。

自分のせいで、貴族の若様を移動させたという負い目を、使用人に与えたくない。

ほんものの名家の若殿なら、使用人を空気扱いすることにも慣れているのだろうが、キーナンには難しい。そこにいるものを無視するって、どういう気分になればできるのか……と考えていると目の端に使用人の動きが映った。顔を向けると、相手と視線が合う。思いつめたような表情で、なにか伝えたいことでもあるのだろうか——会話するなら、こちらからだろうと考えて、キーナンは曖昧な笑顔をつくった。

「なにか？」

相手は女だ。若くはない。年寄りというほどでもない。浅黒い肌に大きな黒い眼が印象的な、南方人だ。

「あの……申しわけありません。若様に、ご教示いただきたいことが」

――ご教示いただきたい？

共通語は単純な言語だが、それでも尊敬語や謙譲語のたぐいはある。日常の業務に関係の薄い表現まで扱える使用人は、ほんとうに珍しい。たとえば、ご教示いただく、などといった表現がそうだ。

「わたしでわかることなら」

「今期ご入学あそばした皆様の中では、ずば抜けて帝国語の知識がおありだと、先生が仰せでした」

「先生？」

「ご記憶かわかりませんが、ヘルムデル先生のお部屋でお会いしたことがございます」

ああ、とキーナンは腑《ふ》に落ちた。あのときの。怒りにまかせて突撃し、部屋割りの変更を申し出たとき、そういえば、女の使用人がいた。

「今、思いだしたよ。しかし、ずば抜けて知識があるという評価は、どうかなぁ……」

異人種のヴァレルーンは帝国の古い言葉にふれる機会がなかったはずだし、カストラウは実用性の乏しい知識に興味がないから、あのふたりよりは、キーナンの方が詳しいだろう。

問題は、ティルケンだ。稀《まれ》に見る書痴である彼は、帝国語の本も読んでいる。しかし、講義のときにその知識を披露することはない。教養として教わる範囲のことならもう知っているから、ヘルムデルに学ぶ必要はない、いらぬ注目を集めたくはないから、馬鹿生徒と思われる方が好都合。説明されたわけではないが、彼の言動を総合すると、そうなる。ヘルムデルにやる気を見せるより、興味がある本を読む時間を確保したい——それが、ティルケンの考えだろう。

「先生は、そう仰せです。若様を目標になさい、と」

「目標？」

「帝国語の理解についてです」

まさかと思いながら、キーナンは、浮かんだ疑念をそのまま言葉にした。

「帝国語を学んでいるのかい？」

「はい」

まさかだった。びっくりして次になにをいうべきか思いつかないでいると、女がふたたび口を開いた。

「若様に伺いたいのは、先生にはお尋ねできないことなのです」

キーナンは眼をしばたたいた。ヘルムデルが南方人、しかも女性の使用人に帝国語を教えているというのが、まず、想像もしなかった事態だ。そのヘルムデルに尋ねられない質問を、目の前の女は、キーナンに投げかけようとしている。

——いったい、どんな？

完全に、好奇心が勝った。なにかまずいことになるのではないかという疑念が浮かぶ余地すらない。

「なにを知りたいのかな？」

「石気《せっき》、という言葉がさすものです」

キーナンの表情から、女は一瞬で答えを読んだようだ。キーナンもまた、女の表情を読んだ。それまで浮かんでいた必死さが消え、存在感が薄くなる。ふつうの使用人のようになってしまった、とキーナンは思う。おそらく、失望をあらわさないよう、自分の感情を押し殺したのだろう。使用人という立場ならではの、仮面の下に。

すまないね、とキーナンは吐息と同じくらいの静かさで告げ、いいえ、と女も同じくひそやかに応じた。

語の組み合わせから、『石』と『気』をあらわすことはわかる。しかし、その語が連結したときにそなえる意味は、まったくわからない。

「知り合いに訊いてみることはできるよ」

「はい……いえ、出過ぎた真似をいたしました、申しわけありません」

「いや、気にしないでくれるかな。ここにいるときのわたしは、誰でもない人間だと考えてほしい」

「誰でもない……ですか？」

「また、誰でもない人間になりたくなったら、ここに来るし、そのときにたまたま出会うことができたら、きっと答えを伝えることもできるよ。でも、なんでその言葉について知りたいのかを、教えてもらえるかな？」

「先生に訊かれたからです」

「ヘルムデル先生？」

女はうなずいた。

「この土地にも、石気という言葉はあるのか、と」

それから、女が控えめに語った話によれば――。

彼女は帝国の文化に憧れて貴族の使用人となったが、学べる環境はなかった。

せめて学舎なら講義を漏れ聞くことで学べるのではと考えて、ここに勤めるようになった。学生が音読する古い帝国語を聞くのが好きで、始終立ち聞きしていたところ、ヘルムデルに詰問された。帝国語の音が好きなので暗記した、しかし意味はわからない……と、聞き覚えた帝国語を唱えた。それにヘルムデルが興味を示し、質問に答えてくれるようになったらしい。

数年かけて、ようやくすべての帝国文字を書けるようになり、今では聞き覚えた帝国語の一節を筆記できる。だが、書物は高価なものなので手にとる機会もなく、この先の勉強はなかなか進まないと感じている……。

なるほど、ヘルムデルならそうだろうと思うし、もうちょっと親切にしてやれよとも思う。いや、あの教授にしては最大限に親切にしているのだろうが、本くらい読ませてやれよ……というのが、キーナンの偽らざる感想だ。彼の部屋にある本は、積むために集めたわけではないだろう。

「先生が、帝国語と南方語に対応した辞書の編纂《へんさん》を考えておいでなのは、ご存じでいらっしゃいますね？」

なんとなく、授業のはじめにヘルムデルがそういうことを、自己紹介代わりにさらっと語った気がしないでもないが、よく覚えていない。

「うん、まぁ……」

「わたし風情がこのようなことを申し上げるのも僭越《せんえつ》ですが、先生はわたしの師でいらっしゃいます。使用人に学問を許してくださり、知識をひもといてくださる、おやさしいかたです。大恩人です。けれど、一介の使用人の身では、ご恩に報いることさえままなりません。せめて南方語に関しては、わたしがお助けできたら、どんなに幸せかと思うのです」

——幸せ、ねぇ。

なにが幸せかなんて、他人からはわからないものだ、と、しみじみ思う。それに、ヘルムデルをやさしいと表現する人物には、はじめて会った。

「それで、石気か……」

「はい」

「南方語にはなさそうなの？」

「石気の意味がわからないのでは、なんとも……。ですが、それがわかったとしても、やはりお役には立てないかもしれないのです。わたしは南方の生まれですが、南方の言葉を知悉《ちしつ》しているとは、とても申せません」

「共通語の方が、得意？」

「ごくわずかな語彙を除いては、日常で使うこともございませんので……。都では、南方語は滅びに向かっている言語であると申せましょう。昔からその傾向はありましたが、近年、それは速度を増しているように感じます。先生は、たとえ異郷のものであろうと、言葉を死なせたくない、と……そう仰せでした」

女の表情からは、彼女が消えゆく南方語を惜しんでいるかどうかは読めなかった。それでも、きっとそうなのだろう。誰だって母語が失われるのは辛い。それは文化の滅亡と同義だ。

不意に、キーナンは納得した。

――ヘルムデル先生にとっては、帝国語も、そうなんだ。

失われゆく言語を現世に留めるための手段として、彼は生徒たちに教えつづける。相手がどんなに興味がなくても、実りのない講義と嘲笑《あざわら》われても。そもそも学生のためではない。帝国のためですらないのだ。ヘルムデルが忠誠を捧げているのは、きっと、言語そのものだ。

辞書を編むのも、言語への奉仕に違いない。話者が消えても、本は残る。記録することで、言葉の寿命をのばそうとしているのだ。

「わかった、調べておくよ」

「どうかご無理はなさいませんよう……」

「大丈夫、大丈夫。ちょっと友だちに質問するだけだから。その代わり、彼が知らなければ、なにもわからないよ。ごめんね」

「とんでもない。もったいないことです。感謝します」

「……そうだ。もしかして、君を探して言付けをしなければならなくなった場合にそなえて、名前を教えてもらえるかな？　よかったら」

「もちろんです。ユーラと申します」

「わたしはキーナンだ。もう知ってるだろうけどね、ヘルムデル先生の部屋に入るときに、大声で叫んだ気がするし」

キーナンの言葉に、ユーラは微笑んだ。ようやく素の表情を見せてくれたように感じ、キーナンも笑顔を返した。

部屋に戻ったキーナンは、さっそく心当たりの「友人」に尋ねてみることにした。もちろん、ティルケンだ。

「石気？　えっ、なんで急に？」

ティルケンは散髪をしくじったらしく、右の前髪だけが妙に短かった。おそらく、本人は気にしていないだろう。

「訊かれたんだよ。南方人の使用人に。言葉の意味がわからないんですけど、って」

「使用人が？　ふうん……なんで興味があるんだろう。ずいぶん古い概念だぞ」

——知ってやがる。

「さすがだな……さすがだな、ティルケン！　きっと石気って言葉も知ってるんだろうと思ってたけど、ほんとうに知っててびっくりだ」

「知ってるだけで、ちゃんと理解してるわけじゃない」

渋い声だが、多少は得意げな風でもある。キーナンは、にっこり笑ってティルケンの手をとった。例によって寝台に転がっていたティルケンは、ぎょっとしたようだ。身を引こうとするような動きを見せたが、もちろん無理だ。キーナンが、しっかり手を握っている。

「教えてくれると助かる」

「特定の鉱石がある場所に、気が立つという伝説があるんだ。空気の色が変わって見えるとか、そういうのだ。それを、石気と呼ぶ。知ってるのはこれだけだ。わかったら、はなせ」

「ありがとう」

「ついでに教えろ。使用人が、なぜそんな？」

「石気という言葉は、ヘルムデル先生に聞いたらしい」

「へぇ」

一気に、ティルケンの興味が薄れたのがわかった。即座に、置いていた本をとり上げて、読みはじめたほどだ。ヘルムデルが関係しているからだろうが、それにしても。

「自分で尋ねておいて、本を読むとか……。一瞬でも本を読むのをやめると死んでしまう病気にでもかかっているんじゃないか？」

「かかってないし、それで死ぬならとっくに死んでる。あと、石気が立つといわれている石がなんだったかは、覚えてない。調べる気もない。たぶん、尚書卿なら知ってるんじゃないか」

「ああ、そうだな。手紙を書いてみるよ」

ヤエトなら知っているだろう。そして、帝国語を学ぼうとする使用人にも興味を持つだろう。

キーナンは、頭の中で手紙の文面を組み立てはじめた。

——民に、学びへの道を開いておくようにというお言葉、ようやく理解した気がしています。

きっと、《黒狼公》の邸だけではたりないのだ。もっと広く、学びのための機会を設ける必要がある。ユーラは努力に幸運が報いた一例だが、諦めざるを得なかった者も、たくさんいるはずだ。そういう存在を、救いたい。今なら、彼にはその力があり、義務がある。

ユーラのことを書こう。学びの道を探して学舎に潜り込み、ヘルムデルにその努力を認めさせた女性のことを。そして、滅びゆく言語と、それを失わないための努力のことを。知識が媒介する人の縁のことを。

——相性のよくない《同室者》とも、しぜんに話すことができました。

そう書けば、きっとヤエトも安心してくれるだろう——さて、文章の流れをととのえることができるだろうか。書きたいことをすべて詰め込むのが困難であることは、キーナンもよく知っている。

それでも、頑張れるだけは頑張ってみよう。伝えたいことが、あるのだから。

4

「これ、石気のときか」

「覚えてたんだ？」

「当然だろ！　使用人に帝国語の質問されるって、どんな場面だよ。想像がつかん。しかも、使用人がその言葉を聞いた相手がヘルムデル先生？　意味がわからな過ぎる。こんなの忘れる方が無理だ」

「興味ないって風情だったのに」

「いろいろ疑問はあったが、あの頃は、あんまり喋りたくなかったからな……。訊かれてうっかり答えちまった、まずい、って感じだったし」

「そうだったのか」

　そういえば、まだまだ不仲を引きずっていた時期だったなぁ、とキーナンは思いだす。屈託なく話しかけつづけるという、エイギル直伝の手法を使っていなければ、この部屋は今も沈黙に支配されていたのかもしれない。

「それで、尚書卿はなんて？」

「なんて？」

「いやだから石気だよ。どうせ詳しかったんだろう？」

　どうせ詳しいという表現に、キーナンは苦笑せざるを得なかった。

「とくに聞いてないな」

残念ながら、ヤエトは不調に陥ってしまった。

倒れた、という報せ自体は珍しいものではなかったが、それでも毎回、緊張はする。

――きっと、怖いんだ。

あれは、庇護者を失うことへの恐怖だ。隠居したとはいえ、ヤエトの存在は大きい。四大公家の名を急に与えられて、それでもなんとかなっているのは、ヤエトがいるからだ。

こまめに書いた手紙は、祈りのようなものだと思う。たまに届く返信は、もちろん、神託だ。

――返事は、途絶えて久しい。

いつか答えがあるはずと信じて、今もキーナンは手紙を書きつづけている。祈りつづけている。それが正しいことなのかどうか。ヤエトの復調などあてにせず、みずからが家を支えていく気概を持つべきだ、とも思うのだ。

――正解はきっと、どちらでもない。

では、なにが正解なのか。それはわからない。どちらを選んでも、正しくない気がしているだけだ。

「なんだ、尚書卿の博識を期待していたのに」

「石気のことなら、ルーギン殿が教えてくださったよ」

「えっ。なんか意外だな」

都にいれば、ルーギンは時間をつくって学舎を訪ねてくれた。

卒業生は学舎への出入りが簡単だから、皆を代表してね、と彼は笑う。キーナンを案じている人は、たくさんいる。でも、学舎に出入りできる人間は、そういない。ヤエトに至っては出入り禁止が解かれていないし、その原因を作ったのは学生だった頃の自分だから、とルーギンは説明した。

——先生への借りを返しているようなもの……かな。わたしは悪い学生だったからねぇ。

「ご親族に、石の研究をしていたかたが、いらしたそうだ」

一瞬で、ティルケンは納得したようだった。

「西でか」

「そう。しかも、女性だったと聞いた」

帝国で、女が学問をすることは褒められない。たとえ《金獅子公《きんじしこう》》家ほどの名家であろうと、いや名家だからこそ、外聞をはばかることだ。そこを押して、男もおどろくほどの研究成果をおさめた女性がいたんだ、とルーギンは教えてくれた。もちろん、学問的な功績もなにも、喧伝はされない。それでも、知識を求めていけば、道筋はまじわり、人は出会うものだ。

——わたしの勘では、ヘルムデル先生は彼女に惚れていたようだよ。

口をぽかんと開いたキーナンに、ルーギンはあの魅惑的な笑顔で、教えてくれた。

——ヘルムデル先生はもちろん、学識を認めただけだ、というだろうね。ただ、あのひとは彼女の前でだけ帽子を脱いだんだ。わたしもびっくりしたからね、よく覚えている。彼女の口調もね。ヘルムデル、見えますか。石気がたちのぼっているでしょう。あれが、最古とされる碑文に使われた石の採掘場所で、間違いありません……。

ルーギンの説明によれば、碑文が刻まれた時期を特定するために、ヘルムデルは文字と文法のみを問題にしていたそうだ。問題の女性は、その碑文が刻まれた石についても検討すべきだと考えた。石の産出場所、産地の発見と石が盛んに使われた時期、その流通経路。それらを踏まえれば、定説がくつがえる。そこを理路整然と説いた上で、実際に見ればわかると採石場まで案内したのだ。ルーギンは、親族代表として同行したらしい。

――空気中では劣化が進みやすいんだそうだよ、彼女によれば。だから、古いものだと勘違いされる。珍しいものでもあるからね。でもそれは、劣化が早いと知られたからこそなんだ。放棄された採石場で実際に見たから、わたしもよく知っている。切り出された石の置き場所次第で、石の表面の状態が違ってね。地表には、もう、まともな状態の石はなかった。地下のものは、風雨には曝《さら》されていないぶん、ましだったけど。それが理由で使われなくなり、すぐに忘れられてしまったのさ。ただの珍しい、古びた石として認識されるようになってしまった。

それで、とルーギンはつづけた。

――ヘルムデル先生は、当時、西の学舎で教えていたんだけどね。今後は碑文についての見識をあらためる、と重々しく宣言して、帽子を脱いだんだ。たぶん、あれが最初で最後だろう。敗北宣言であり、愛の告白だったと思うよ。もちろん、当人たちは、そんなつもりは毛頭なかっただろうけどね。見ていたわたしだけが、これは凄いと胸をときめかせていたんだ。まぁ、それが恋愛であろうがなかろうが、どうにもならなかっただろうけど。

そのあとすぐ、沙漠越えをすることになったから――そういって、ルーギンは遠くを見たものだ。大人たちは、たまに、そういう眼をする。見えないはずの、沙漠の向こうを見ているのかもしれない。キーナンの知らない世界だ。

遠い目をしたまま、ルーギンはつぶやいた。

――たまに思いださないと、忘れてしまうな。沙漠の向こうの話は。

「なんて石だったんだ？」

「名前は聞いてない。ただ、沙漠のこちら側では見たことがない石だってさ」

「ふうん。まぁ、石気なんていうのは与太話だろう。金銀財宝が埋蔵場所を教えてくれたら夢があるな、みたいな」

「ひどい感想だな。……それで？　帳面は、いつ返してくれるんだ」

「満足したらね。ああ、これも面白いところだ！」

いかにも楽しげにティルケンが帳面を見せる。キーナンは諦めた。もう、つきあうしかない。

剣術の訓練の一環として、模擬戦をおこなうことになりました。

まずは互いの武装を手伝います。手間取る生徒も多かったです。こういうことは口にはできませんが、育ちの違いだろうなと思ってしまいます。《同室者》の鎧《よろい》は猫をあしらったもので、今までに見たことがない形でした。彼の家が、《青猫公》だからでしょうか。本人は嫌そうでした。

「えっ、あの猫鎧が気に入っていたとは知らなかった」

「そんなわけあるか。どこを読んでるんだ。こっちだ、こっち」

ルーギン殿が、観戦に来てくださいました。同期の皆を紹介したのですが、全員の武装への的確な評価が、さすがルーギン殿、という感じでした。

ああ、と声が漏れた。あのときは、大変だった……。と遠い目になりかけて、気がついた。

「いやいや、待ってくれよ。これ入学してすぐの時期じゃないよね？　帳面変わってない？　だって模擬戦って……」

剣術は、入学してからずっと個人技の訓練に終始していたはずだ。団体の模擬戦など、ごく最近の話だ。そう、ごくごく最近だ。さっきまで見せられていた、入学からまもない時期の手紙の下書きには、登場すべくもない。

「ティル、何冊持ってるの？」

「五冊」

「全部じゃないか！」

キーナンは机の方をふり向いた。たしかに、積み上げてあった帳面が全部ない。なんたる早業だ。

「しかし、よくこんなに書いたなぁ。感心を通り越して感動する。これ、ゆっくり読ませてくれないか？」

ティルケンの目が、きらきらしている。こんなに生き生きとした表情も、珍しい。

キーナンは、大きく息を吐いた。

「否定しても否定される気がするから否定しないが、わたしがとても嫌がっているということは心に留めておいてほしい。つまり、これは貸しと考える」

「……それは嫌だな。若様は、わりと貸しを忘れない方だからなぁ」

いささか傷つく評価だ。

「借りも忘れないから、それで均衡はとれている……と思う」

忸怩《じくじ》たる想いを噛みしめるキーナンをよそに、ティルケンは帳面の頁をめくった。

「しかし、なつかしいなぁ」

「猫鎧が？」

嫌味のつもりで口にしたら、ほら、と下書きの一部分を指でなぞって見せられた。

《同室者》の鎧は、ルーギン殿には高評価でした。曰《いわ》く、猫の眼がとくに素晴らしく、生き生きしているそうです。

「あったなー……」

「あっただろ？　最近の話だから思いだすもなにもないが、こうして文字に書いたものを読み直すと、そうだったな、となる。書くとはそういうことで、読むとはこういうことだ」

ティルケンは、我が意を得たり、という調子である。キーナンは、それを聞き流した。

「ルーギン殿、全員の鎧を褒めたんだよ。駄目出しもしてるんだけど、否定していると思わせないんだ。見習いたい」

やめとけ、と帳面に視線を落としたままティルケンは断じた。

「若様は、真っ正直に思ってることを口にするところが美点だから、ああいう婉曲《えんきょく》話法は見習っちゃいかん。第一、俺が面白くない」

最後の方が、本音だろう。

「君を面白がらせるために生きているわけじゃないぞ」

「遠回しに気のきいた言葉を吐くのは、周りにまかせておけ。いくらでもいるだろう、ほれ、下僕に見えない下僕のファルバーンとか」

肯定も否定もしづらく、キーナンは苦笑した。

ファルバーンは、沙漠の遺民である。しかも、世が世なら王子の生まれ。当然ながら、正体を知られたら捕縛は当然、死刑に処されてもおかしくない立場なのだが……尚書卿と皇女の口利きで、皇帝から赦免を得ている。それだけでもう、特異な存在である。

銀髪に碧緑《へきりょく》の瞳の美青年は、方言も含めて多様な言語をあやつり、沙漠の民が扱う反りのある剣を使わせたらなかなかの腕前、しかも恩寵持ちで穢《けが》れや毒に敏感だという。実際、尚書卿に毒を盛ろうとした刺客を撃退したことがあると聞いた。ひとりの人間に、そこまでいろいろ才能を与えなくてもよいのではないだろうか。

そのてんこ盛り超人が、キーナンの従僕にと推薦されて来たのも、わりと最近の話である。もともと尚書卿に仕えていた人物だから信頼もできるし、断る理由はない。というより、推薦者が皇女では断れない。

先代のもとへ行くならともかく、なぜキーナンに仕えるのか。どうしても気になったので訊いてみると、ファルバーンは真面目な顔で答えた。

——率直なところをお望みでいらっしゃると考えますので、包み隠さずに申します。

いつもより、控えめさのない口調だった。

これは使用人としてではなく、対等に、人として話すつもりだなと察して、キーナンはうなずいた。

——教えてほしい。

——若様にお仕えすることで、自分の居場所がみつかるのではないか、と思っているのです。

本音ではあるらしいが、意味は全然わからない。それでも、キーナンは真剣に考えて、答えた。

——わたしが君の居場所をみつける手助けができるなら、嬉しいと思う。見込み違いではないことを祈っているよ。

するとファルバーンはわずかに眼をみはり、それから、微笑んだ。つねに冷静で、どこか仮面じみたその顔が、明るくなって——まさに、光がさしたようだった、とキーナンは思い返す。

春の日差しのようなあたたかい笑みは、しかし、すぐに消え去った。

——そのお言葉だけで、もう、十分です。

そっと告げられた言葉の意味は、やっぱり、全然わからなかった。

†

模擬戦の日は、ごった返していた。

武器は学舎のものを使うが、防具は自前だ。

「ファルバーン、ティルの身支度を手伝ってやってくれ。一式、箱から出してあるみたいだし」

こっちのはまだだからね、と自分の荷物の方に向き直るつもりだったが、気づけばキーナンはティルケンの装具を二度見していた。

胴着に縫いとめられた金属板は、玉虫色のかがやき。籠手《こて》は、肘の近くに猫がいる。彫像があしらわれているのだ。それも、かなり大きめの。

控えめにいって、どうかしている。卒直にいうと、あり得ない。これでは、武具というより、舞姫の舞台衣装だ。

——上級生に目をつけられるのでは？

はじめの感想がそれだったのは、状況を考えるとしかたがないだろう。

銀の君が、今日の模擬戦で「事故を装って」仕掛けてくる可能性がある、という情報が入ったのだ。

対象はもちろん、キーナン……ならまだ楽なのだが、キーナンの同期三人、殊に《同室者》のティルケンが狙われる確率が、かなり高い。

キーナン本人は、家格が高過ぎるからだ。

銀の君ことディランの派閥は、相変わらず、学舎では圧倒的な勢力を誇っている。しかし、その対抗勢力として、キーナンの派閥もそれなりに勢力を伸ばしつつあった。

キーナンの人徳ではない。尚書卿の知名度が凄いのだ。芝居の主人公として庶民はもちろん、貴族階級にも人気が高い……ということを、キーナンも学舎に入ってはじめて知った。やっかみも多いが、打算的なものも含めれば、好意を向けられる場面も少なくはなかった。

それに比して、《銀鷲公》家は最近、なにも目立った事績がない。たしかに第二皇子の生母の家ではあるし、大乱での電光石火の活躍を経て、第二皇子自身は存在感を大いに強めてはいる。が、皇子の生母は物故して久しい上に、姦通《かんつう》の疑いまである——ということを、キーナンは学舎に入ってから知った——これまでも、そしてこれからも、皇子が母の実家との繋がりを重視することはないだろう、というのがもっぱらの噂《うわさ》だ。そのくせ偉そうぶって、とディランを嫌う者もいる。

もっとも、キーナンを悪くいう者たちは、威厳がないとか評しているらしい。

結局、どうふるまおうが関係ないのだろう。評価はすでに、決まっているのだ。理由なんて、後付けで。

「いつまで見てるんだ」

ティルケンが不満げに唸《うな》るのを聞いて、キーナンはにっこりした。

「満足するまで、かな」

「早く満足したまえ。今。すぐ！」

「ファルバーン、それ時間かかりそうだね？」

銀髪の青年は、考え深げにうなずいた。

「申しわけありませんが、そう思います。留め具の形状までこだわり抜いた誂《あつら》えのようですから、扱いもそう易々《やすやす》とは……」

「壊しても問題ない」

ティルケンの宣言に、ファルバーンは困ったようにキーナンを見た。他家の財産に傷をつけるわけにはいかない。

「遅刻しない程度に急いでやってくれ。軽装だから、こっちはひとりでもできる」

「かしこまりました」

一般に、帝国騎士の防具は、矢や斬撃を容易には通さない程度の強度があればよく、軽さを重視するものとされている。最大威力の攻撃を受けるような羽目に陥るのはそもそも避けろ、という話だ。

竜種の恩寵である、情報の即時伝達――勝利の鍵であるその力を最大限に有効に使うには、当然ながら、兵にも速度が必要になる。鈍重さは嫌われる傾向があった。重装備よりは軽装が、馬への負担も少なく――当然、人への負担も少ないのだが、なぜか馬への効果の方が喧伝される――高速で長時間戦えるので、よりのぞましいとされる。

そして、現実の話としては、学舎で学ぶような貴族の若様は、滅多なことでは最前線に立たされない。重たい鎧が必要になる局面が、ないのだ。

しかし、とティルケンの方に視線をやって、キーナンは頭を抱えたくなった。

――やはりこれは、上級生から難癖をつけられるのでは……。

思わぬところに陥穽《かんせい》を発見した気分だ。

ともあれ、ふたりは訓練場に向かった。学生ではないファルバーンは、身軽なままである。少々、羨ましい。

訓練場に着くと、生徒のほとんどはすでに集合しているようだった。全体で、約百二十名――のはずだったが、実際にはそんなにいない。

学籍簿上では休学となっている、《白羊公《はくようこう》》家やその係累の若者は、ほとんどが行方不明だ。大部分は、大河で命を落としているのだろうが、確認はとれていない。また、第一皇子を支持した家から来ている青年たちは、だいたい謹慎扱いになっていると聞いた。謹慎でない者は、武器を手に皇子のもとへ馳《は》せ参じ、そのまま戻っていない。これも今のところは休学扱いだ。

このへんの情報は、カストラウから仕入れている。カストラウ自身、《白羊公》家と繋がりがある家の出身だ。以前はそれを全面に押し出し、今はひた隠しにして忘れた風を装っているんだ、と教えてくれた。そういう事情もあって、敗者側の情報にも詳しいし、つねに気を配っているらしい。

――なんのかんので、四大公家は凄いよね。どっちの叛乱にも、指一本ふれていない。負けるってわかってたのかな。

カストラウの問いに、キーナンは曖昧な笑みを返すしかなかった。深く考えたことがなかったのだ。

義父は、皇女の副官だ。皇女の権力のみなもとは、皇帝にある。すなわち、皇帝に楯突《たてつ》くという選択肢は、あり得ない……いかなる叛乱にも、ヤエトは手を貸さないだろう。

――じゃあ、僕は？

次代の《黒狼公》は、どうすべきなのか。《金獅子公》や《銀鷲公》は、どうやって選んだのだろう。勝ち組に入る方法が、あるのだろうか？

「キーナン、こっちこっち」

そのカストラウが、大きく手をふった。

「ああ、カット。そこにいたのか」

兜《かぶと》は手に持ったままだが、それでも武具をつけると印象が変わる。見違えるな、と思いながら、キーナンも手をふり返した。

「悪趣味な鎧だね」

ティルケンの格好に容赦のない感想を述べたのは、ヴァレルーンだった。

唸り声を返事に代えたティルケンに、宥めるようにカストラウが手をかける。

「さすが洒落者一族って感じだな」

ティルケンは、その手をふり払った。

「黙れ」

地の底から響くような声に、カストラウは恐れをなしたようだ。若干、距離をとりつつ、しかし言葉は止まらない。

「いや、だってそれ……目立つよ？」

ティルケンは、ふたたび唸った。手負いの獣のような迫力だ。

キーナンは周囲を見回した。生徒はだいたい揃っているようだが、教官の姿はまだ見えない。

「上級生の方は、どう？」

「仕掛けてくるはず、以上の具体的な話はなにもない。たぶん、そういうことを話してくれるような上級生は、詳しい部分を知らないんだと思う」

それ以上はね～、とカストラウはくるりと目をまわして見せてから、厳かな口調でつづけた。

「銀の君の忠実なご学友の皆様におかれましては、俺みたいな貴族とは名ばかりの成り上がり者など、視野にも入らねば声も聞こえぬ、って扱いだし」

「なるほど」

「……いや、そこはもうちょっと、なんか、慰めて？」

不意に、ヴァレルーンが感想を述べた。

「カストラウは、自分を馬鹿に見せるのがうまいよね」

「やっ……えっ!?　そうなる？」

「狙ってるのか、なるほど。ただの馬鹿ではないということか」

「待って、なんでキーナンはそこで深くうなずくの？　待って？　納得の方向性、おかしくない？

ティルケン、なにか意見を！　気のきいたやつ！」

「安心しろ。間違いなく、今、最高に馬鹿に見えるのは俺だ」

答えながら、ティルケンは右膝を上げた。臑当《すねあて》にも猫がいることを、全員が知った。

「……猫かわいいよね。意外に強いし。ほら……ひっかくとかさ」

「やっぱり、おまえの方が馬鹿に見えるかも知れんな」

「慰めてるのに！」

「カストラウは、猫を飼っていたことがあるのか？　僕は、ある」

うっとりとした表情で、ヴァレルーンがつぶやいた。今にもティルケンの肘だか膝だかを撫ではじめそうだ。

ティルケンも、そう思ったらしい。ヴァレルーンを牽制《けんせい》した。

「かわいいとかぬかすなよ」

「かわいい？　違うな。あれは気高いのだ」

ヴァレルーンの表情は真剣だが、とりあう必要なしと見て、キーナンは周囲の様子を窺った。銀の君も来ているだろうが、どこにいるのかよくわからない。身長があれば、もう少し見通せるのだろうが、なにしろ……考えたくないが、今のところキーナンは、学舎でも指折りの低身長だ。

「それで若様、対抗策は考えてるとかいってたけど、どうなってるんだ」

「手は回してあるよ」

「いいね、その台詞《せりふ》！　いかにも大貴族っぽいよな。手は回してある」

カストラウが変な表情を作って見せた。今の自分はそんな顔をしているのかとキーナンは不安になったが、まぁ、カストラウのやることだ。あまり気にしてもしかたがない。

「大貴族だからね。大貴族らしく戦うさ。相手が危険なことをしてくるようなら――」

「静かに！」

声がかかった。教官だ。すぐに、訓練場は静寂に満たされた。

教官はすでに老齢だが、逆らうことのできない威厳がある。より正確には、逆らうと叩きのめされることになるのを、全員がよく知っている。誰も逆らわなかった場合、訓練という名目で、多少はやんわりと叩きのめされるだけだが、やんわり成分があるかどうかの差は大きい。

「今日は、模擬戦をおこなう予定だったが」

――だったが？

キーナンは眼をしばたたいた。どういうことだろう。

教官は、全員を見渡して話をつづけた。

「高貴なかたに、ご観覧いただくことになった。団体戦ではなく、個人戦をおこなう」

ティルケンが、眉を上げてキーナンを見た。これが《黒狼公》家の力なのか、と訊いているようだ。

「いや……なんか違う」

「なんか、とは？」

キーナンは声を低めて、早口に答えた。

「なにかあったら口添えしてもらえるよう、指導員として来てもらうことになってるんだ。皇女殿下の騎士団長に」

ああ、とティルケンはわかったような顔になった。

「《金獅子公》家のご長男ってやつか」

「そう。『ご観覧』とか『高貴なかた』って表現するかな？」

「しないな。……お、来たみたいだぞ」

訓練場への階段を下りて来る数名の中に、華の騎士の姿があった。

風になびく金髪に、涼やかな瞳。詩人の心を持っていたら、なにか書き上げられそうな雰囲気だ。

残念ながら、キーナンにはそういう素養がない。いや、残念かどうかはわからないが。

「あ」

背の高い一団のあいだから、ちらりと覗いた小柄な人物の正体に見当がついてしまい、キーナンは頭を抱えたくなった。

言葉にしたのは、ヴァレルーンだ。

「あれ、皇女殿下じゃない？」

さすが親族。突っ込んで聞いたことはないが、それなりのつきあいがあるのかもしれない。遠目に見分けるとは。

「えっ、……うわぁ！」

カストラウは、こんなに間近で見るのは初めてだ、かわいいなぁ、と率直な感想をつぶやいている。

全然間近ではないな、とキーナンは思った。

——本人に聞こえない距離でよかった。

かわいいという評価を皇女が喜ぶかどうかは、あやしいところだ。その程度には、キーナンは皇女を知っている……というより、話に聞いている。

ティルケンは腕組みをして、納得した風にうなずいた。

「……なるほどな。騎士団長に打診したら、主君もくっついて来たわけか。さすがだな、《黒狼公》」

「どうでもいいけど、重くない？」

ヴァレルーンが、うんざりしたという声音で現在の状況を報告した。

そう、防具をつけるのはそれだけで負担になる。

だから、常日頃鍛えておけという話なのだが、剣術の訓練に身を入れている学生は、両手の指が余る程度しかいなかった。その理由も、キーナンにはなんとなくわかっている。

学舎に籍を置くような貴族の若者にとって、実質的な必須科目は、宮廷で生き残る方法だ。講義はない。実地に学ぶしかないのだ。学生のつきあいは、そのまま宮廷の勢力争いの縮図だ。キーナン自身、絶賛訓練中といったところだ。好むと好まざるとにかかわらず。

教官が手を叩いた。

「まず、装備の検査をする。入学時期で分かれろ。検査がいつまでも来ないと思ったら、声をあげろ。黙って待っていればなんでも済むと思うなよ」

キーナンたちは、すでに同期で集合済みだったので、なんの問題もなかった。むしろ時間を潰すのが面倒そうだと思っていたら、りん、という鈴の音とともに。

「やあ、キーナン殿」

剣に鈴をつけるのは、沙漠の西にあった古い風習だという。相手の不意を襲わないという矜持《きょうじ》を示すもので、自他ともに認められるような実力のある騎士にだけ、許されるのだとも聞いた――たとえば、ルーギンのような。

「ルーギン殿。今日は、急なことにもかかわらず、来てくださって感謝します」

「後進の成長を見るのは、喜びですからね。学生生活を満喫していますか？」

微笑みながら、騎士はキーナンの周りに視線を配った。ルーギンはたびたび学舎を訪ねてくれているのだが、面会室で会話するだけだから、皆とは初対面になるはずだ。

「同期に恵まれて、なんとかやっています。ご紹介しましょう」

「わたしが、先輩として君らの装備を確認しますから。おひとりずつ、名乗ってもらえればいいですよ。まず、そちらの猫から行こうかな」

いきなり指名されたティルケンは、それでも彼らしく、表情を変えずに答えた。

「ティルケンです。よろしくお願いします」

猫がついた一式を見ても、ルーギンは動揺していない。

「籠手を片方、はずしてもらっても？」

「はい」

即座にファルバーンが介助した。この青年は、どうやってこういう作業に慣れるのだろう。先代はあまり武装しなかっただろうから、防具の脱着に習熟する暇はなさそうなのに。

籠手を受け取ったルーギンは、ううんと唸った。

「これは、素材が武具向きじゃないね。ご家族に、学舎の訓練に耐え得る素材ではないと説明した方がいい。訓練用の防具を一式、新たに作り足してもらいなさい。今あるのは、式典用に使うからと話した方が、伝わりやすいんじゃないかな。今日は、備品を使うといい」

「わかりました。ありがとうございます」

「美術品としては、なかなかのものだと思う。猫の眼の細工が、とくにいいね。生き生きしている。石の選択が決め手だろう……色味が完璧だ。猫の瞳孔の感じを出せる石は限られているから、難しいんだよね。ファルバーン、備品をとりに行くのは全員を見てからで大丈夫だ。先に、全部はずして差し上げなさい」

「わかりました」

動きかけていたファルバーンの足を止めさせると、ルーギンはカストラウの方に向き直った。

──視野が広いなぁ。

籠手についている猫の眼に注目していたせいもあるのだろうが、キーナンは、ファルバーンの動きなどまったく視界に入っていなかった。もちろん、カストラウが距離を詰めていたことも、わからなかった。

「君のはすごく……見たことがあるな」

「カストラウです！」

「いや、君じゃなくて、君の装備。カストラウね、よろしく。これは、ディナウディア装具店の品じゃないかな？」

「えっ？　あっ、はい！　なんでわかるんですか！」

「色で」

ルーギンは、莞爾《かんじ》と笑んだ。空気が明るくなりそうな笑顔である。

「色……」

「火を入れて強化するときの調整で、独特の色が出るんだよね。これは、値段の倍くらいの価値があるよ。大切に使いなさい。貴重品だ」

「そうなんですか？」

「お詳しいですね」

キーナンが感心すると、ルーギンはなんでもないことのようにうなずいた。

「仕事の道具のことだからね。さて、次は……君のは、ちょっと見たことがない色をしているなぁ。土地の鍛冶に作らせたの？」

「ヴァレルーンです」

本人が名乗らないので、キーナンが教えた。

「ヴァレルーン、どこで作ったかわかる？」

「わかりませんが、ルーギン殿の鈴の音色が、とても美しいと思っています」

たまに、ヴァレルーンは話が通じない。なんというか、かけ違えた感じになる。

同期生はだいたい慣れてきたが、初対面のルーギンにそれを望むのは無理だろうと思ったら、華麗に受け入れられた。

「褒めてくれるのは嬉しいね。これは人にもらったものなんだ。しかし、君の装具を製作した工房がわからないのは残念だな。しっかりした品のようではあるが……」

ルーギンとヴァレルルーンが並んで話していると、絵としての完成度が高い。観客は額縁から出て行くようにという圧力さえ感じる。

「しっかりしてると思います。金属ですし」

たとえ会話の内容が、なんだか残念な感じであっても、である。

「ちょっと籠手を見せてもらっても？　そう、腕を少し上げてくれればいい。……うん、まぁ大丈夫かな。たぶん」

やや曖昧ではあったが、ルーギンはヴァレルルーンの装具にも合格を出した。最後はキーナンだ。

「よろしくお願いします」

「自己紹介は不要だよ」

まばゆい笑顔を向けられて、キーナンは少し怯《ひる》んだ。

「どうも……このたびは、面倒なお願いを聞き入れてくださり、ありがとうございます」

「いやいや、おかげで助かったよ」

ルーギンは屈み込んで、キーナンの臑当をあらためている。

両方の留め具を確認すると、よし、といって彼は立ち上がった。

「次は籠手だ。君の装具に問題があるはずはないと思うけど、なにか細工でもされていたら困るから、ちょっと慎重に調べさせてくれ」

「はい。ほんとうに、お手数をおかけして――」

「助かった、といっているだろう？　実をいうと、《黒狼公》領でやらかしてしまって、ちょっと謹慎扱いみたいな感じになっていたんだよね……そのうち代官殿から詳しい報告が届くと思うよ」

「やらかした？」

「うん。皇女殿下がわたしの身柄を引き取りに来てくださって、都に戻れたんだ」

さっぱりわからないという顔をしているキーナンに、騎士は困ったように笑ってみせた。

「わたしは《黒狼公》領で不調法をはたらいたことを償わねばならないんだ。だから、ほんとうに、頼ってもらえて助かったよ」

「お差し支えなければ、あとで事情をお聞かせください」

「もちろん、報告を聞いていただかなきゃね。でも、今はまず、目の前の訓練だの試合だのをなんとかしないと。……よし、武装は大丈夫そうだ。ファルバーン、君は参加しないのか？」

「はい。従者は不参加みたいなので」

「残念だな。じゃあ、備品を借りるのはティルケンだけでいいね。ちょっと内部情報を漏らしておくと、姫様がこちらにおいでになられる時間は、あまり長くないんだ。だから、全員は戦わずに済むんじゃないかなぁ。でも、キーナンは避けられないだろうから、心しておいて」

「わかりました。ファルバーン、ティルケンの武装をとって来てくれるか」

一礼して走り去るファルバーンを見送って、ルーギンは微笑んだ。

「彼がいてくれると、少し安心できるな」

「はい」

「さて、わたしもお仕えするあるじのもとへ戻らねば」

それでは、とルーギンは歩み去った。

暫し、一同は顔をつきあわせたままぼんやりしていた。

「……なんか、良い匂いしない？」

つぶやいたのは、カストラウだ。

「ディーラヌーシュって花の香りだよ」

「ヴァル詳しいな」

「姉の内のふたりくらいが、わりと香りに熱心だったんだよね」

ヴァレルーンには、姉が六人いると聞いている。彼の口から出る家族の逸話は、だいたい、姉が厳しいとか意味がわからないとかで、大変だった、と結ばれる。

「この匂いどうかしら〜って散々訊かれるし、適当に答えてると凄く怒られるから、勉強して詳しくなっちゃったんだよ。ディーラヌーシュは、上質の精油が採れる花だけど、まぁ……」

ヴァレルーンは、ここでため息をついた。

「何？」

「すっごく高い。あのひと、金持ち？」

あまりにも直截《ちょくせつ》な表現に、ティルケンが呟き込んだ。答えたのはカストラウだ。

「たぶんね。大貴族だし」

でも、とヴァレルーンは首をかしげてキーナンを見た。

「大貴族っていえば、キーナンもだけど、キーナンは良い匂いしないよね？」

「……そういう嗜《たしな》みが、ないから」

生まれながらの大貴族ではないから、と口にしなかっただけ、褒めてもらいたい。

ティルケンが、鼻先で笑った。

「嗜みで済む範疇《はんちゅう》じゃないんじゃないか。猫の眼の宝石がどうとか、普通の評価じゃないぞ」

「美学と見識があるひとなんだよ。何回か領地で会ったことがあるけど、まず館の床に敷いてある石の産地がどうとか、欄干の彫刻の手法がこうとかいう話が、さらっと出るからね」

キーナンの説明に、全員が、ほーうという顔になった。そこへファルバーンが戻って来て、その話題はそこまでになった。

ティルケンの装具を交換しながら、ファルバーンが低い声で報告するには、教官たちは個人戦の組み合わせについて話し合っていたとか。通りすがりに、さらりと情報収拾までこなしてきたらしい。

キーナンの名前も出ていたというから、おそらく、気配を殺して暫く聞いていたに違いない。

「個人戦なら、仕掛けとやらがあるにしても、予定を変更せざるを得なくなるんじゃないかなぁ」

「僭越ながら……毒を仕込んでいる場合もございます」

キーナンを含め、全員の動きが凍った。

――やっぱりこう、経験の重みってやつだよな。

ファルバーンは、毒殺をたくらむ輩《やから》に直面したことがあるし、もっと危険な状況にも陥ったことがあるはずだ。だから、ここまで考えられる。キーナンは、仕掛けるという言葉から、そこまでは連想できない。連想したとしても、実感が湧かない。まだまだぬるい若造である、ということだ。

それでも、なんとかふつうの調子で言葉を返した。たぶんふつうだ。おそらく大丈夫。

「それは、なんとかしてくれるんだろう？」

一瞬、押し黙ってから、ファルバーンは答えた。

「おまかせください」

個人戦になったのは、幸いだ。皇女の観覧があるなら、試合に選ばれる学生は決まっている。ルーギンがいったようにキーナンは免れないし、竜種の親族にあたるヴァレルルーンも呼び出されるかもしれないが、カストラウとティルケンは安泰といっていいだろう。

そして、やる気がない割には、ヴァレルルーンはそこそこ強い。勘がいいのだ。カストラウは弱い。ティルケンに至っては、やる気がない上に弱い。

剣術の訓練場は一段低くなっており、学生たちはその段差に、ふだんから座ったり横になったりしている。公式行事の折りには、観覧席として椅子を並べたりもするが、今日はさすがに、そこまでの準備はない。皇女とその一行が座るあたりに、ちょっと豪華そうな敷物が並べられた程度だ。

キーナンは呼び出されて、皇女のかたわらに侍《はべ》ることになった。そこまではたのんでいない、とキーナンは思ったが、そもそも皇女にはなにもたのんでいない。彼のたのみでなにかしてくれているわけではなく、皇女自身が、やりたいことをやっているだけだ。

羨ましがるカストラウ、面白がるティルケン、なにも感想がないらしいヴァレルーンと別れて、皇女のもとへ向かう。ファルバーンがついて来てくれるのだけが、心強い。

「久しいな、《黒狼公》。健勝そうでなによりだ」

「皇女殿下におかれましても、ご機嫌麗しゅう」

竜種と公的な場で同席するにあたっての礼儀が、わからない。

――いや、これ公的な場って分類であってるのかな？　突発的な場？　そんな分類ある？

思考がぐるぐるまわりはじめたキーナンに、皇女は泰然と告げた。

「堅苦しい言葉遣いは、やめよ。そなたは、我が副官の後継だからな」

皇女の後ろに控えていたルーギンが、苦笑混じりにたしなめてくれた。

「姫様、公を困らせておいでですよ。そもそも、姫様の副官殿は、堅苦しい言葉遣いの権化みたいなおかたではないですか」

「そこまでいうな。そうかもしれぬが、そこまでもないぞ。いやどうだろう……」

自信がなくなったらしい皇女は、ううんと唸ってから破顔した。

「まぁ、好きにせよ！」

「御意に存じます」

皇女の笑顔は、途方もなく明るい。その明るい笑顔を、皇女は反対側にも向けた。

「ディランも、好きにせよ」

皇女を挟んだ向こう側には、ディランがいた。

四大公家の一方だけを呼びつけるわけにはいかないという配慮だろう。

「皇女殿下のご命令とあらば、如何様《いかよう》にも」

ディランの微笑は、裏の裏のそのまた裏までありそうだ。

——ととのった顔立ちのひとではあるけど、さすがに華の騎士が近くにいるとなぁ。

自分のことは棚に上げ、キーナンはなんとなく勝利をおさめた心境である。いったいなんの勝負をしているのか。

「そなたはいつも、つまらぬなぁ」

皇女の感想を、ディランは鼻先で笑った。裏がどうこうというたぐいのではなく、もっと直截に、馬鹿にするような——いささか感じのよろしくない笑みにつづけて、ディランはつぶやいた。

「また、そのような恰好を」

そのような恰好、というのは皇女の男装を示すのだろうが、まさかディランが皇女に批判がましいことをいうとは予想しておらず、キーナンは大いにおどろいた。

——実は気の置けない親しい仲だったりするのかな？

そんな話は聞いたことがない。だが、そうだったとしたら？　皇女がわざわざ観覧に来てくれたのも、実はキーナンのためではなくディランのためなのでは？

――穿《うが》ち過ぎだぞ、落ち着け。

キーナンの動揺をよそに、並んだふたりは会話をつづけている。

「はは、飽きもせず、またそういう話か」

皇女の口調は朗らかだが、曇りのなさが、いっそ不穏だ。

「装いには心構えが反映されます。そんな恰好をしているから、縁談も壊れるのです」

いっていることの内容はともかく、皇女に向かってこの口調。おのれの信じるところは譲らないという無駄な意地。ディランの新たな一面を見た気がする。というか、縁談？　話が見えない。

「わたしはな――」

皇女はディランの方を向いているから、キーナンにはその表情は見えない。見えなくて幸い、という気分だ。

「――装いが心構えをそのまま反映するとは思わぬがな。もし反映するのなら、この装いのどこがいけない？　いつなりと戦う覚悟ができていると表明することの、なにが不満か」

「おたわむれを。殿下は、我々騎士に守られていてくださればよいのです」

キーナンは目を剝いた。そして、その限界まで開いた眼でルーギンを見た。なんとかしてくれるなら、このひとしかいないと思ったからだ。

ルーギンは笑っていた。

「ほら、いわれてしまいましたよ、姫様」

「剣をまじえて決着をつけてはどうだろう」

「だから姫様、そういうところですよ。まぁ、学舎の中では、学生以外の試合は認められませんから、そもそも無理ですけどね」

「それなら入学する」

「駄々をこねるのもたいがいにしてください。護衛に吊《つ》り下げさせて運び出しますよ」

「足と足のあいだを全力で蹴り上げてやる」

居合わせた全員が——おそらく、皇女本人を除いて——足を閉じた。

その反応を見てとった皇女は、ふん、と鼻で笑った。先ほどのディランの感じ悪さと、いい勝負だ。

「ディラン、わたしはそなたをくだらん男だと思っている。そなたはわたしを、鼻持ちならぬ小娘と思っているだろう。お互いに嫌いあっているのだから、縁談は壊れて正解だと思う」

情報の受け入れが、追いつかない。皇女と《銀鷲公》家のあいだに縁談があったとは。そういうのは教えておいてほしい。知っていてもどうしようもないし、破談になったのならなおさら知る必要もなさそうだが、しかし！

「残念です」

まったく残念でもなんでもなさそうに、ディランは答えた。そして、淡々とつづけた。

「殿下は、もっと竜種としての自覚をお持ちになるべきでしょう。殿下に課された義務は、剣術や勉学に励むといったことではない。強い恩寵の力を持つ子を産むことです」

「え、それは失礼過ぎるのでは」

うっかり口走ってから、キーナンは、はっとした。自分が口を出してもかまわない場面だったろうか？　わからない。わからないが、彼の心の中では、妹が両足を踏ん張り、腰に手をあてて、迫力ある上目遣いで訴えていた。

——兄様、こいつは足のあいだを蹴り上げてやるべきよね！

いや、足のあいだは容赦してやれ。見るだけでも耐えられない。

ディランはキーナンに視線を向けると、ああ、と心得顔になった。

「公は、婢女《はしため》と親しくなさっておいでとか。本を買い与えたと聞きましたよ」

ユーラのことか、と理解するのに、少しかかった。もちろん、隠したりはしていないが、ディランが興味を持つのが意外だったのだ。

「向学心に感心したので、辞書を贈りました」

「お立場を考えて女を選ぶべきですね。そもそも女に、しかも貴族でもない卑しい下人に、学問など無用でしょう」

——兄様、やっぱり蹴っていい？

いや、妹よ、やめておけ。おまえの足が穢れる。

「……一方的に、どちらかが選ぶ側であるというお考えこそ、卑しくはありませんか」

「待て待て、なにを殺気立っている」

皇女が割って入ったが、ディランは態度をあらためない。

「わたしは冷静ですよ、殿下。キーナン殿は、いささか血がのぼっているのでしょう。まぁ、無理もありません。婢女にのぼせあがっているようではね」

――ああ、ディランは怒ってるんだな。

そう考えれば、先ほどからの異常な反応も、腑に落ちる。縁談を、断られたせいだ。面目を潰されたと感じ、世間に自分の強さを示さねばと必死なのだ。それなら、わかる。

今は、キーナンも怒っている。

「教室の外で講義に耳を傾け、古文を暗誦《あんしょう》し、今や文字まで書けるようになったという話に感じ入り、勉学が進むようにと辞書を贈っただけです。知識を求めるための道は、誰にでもひらかれているべきでしょう。それに、ひとの学びを嘲笑うのは、恥ずべきおこないではありませんか。貴殿はわたしを侮辱なさったおつもりでしょうが、ご自身の愚かさを際立たせたに過ぎません」

「ならば、こうしよう。今日の試合でキーナン殿、貴殿はその婢女の名誉のために戦えばよい。なんなら、殿下の装いが妥当かどうかも賭けようか」

「殿下は、ご自分の名誉のために、わたしごときの剣を必要とはなさいません」

勢いで返してから、キーナンは少しひやっとした。これはさすがに、よくないのではないか。

だが、皇女は吹き出し、次いで声をあげて笑った。

「たしかにな！　機会があれば受けて立つぞ、ディラン。いつなりと、声をかけるがよい」

「姫様、それはご無体な」

声をあげたのは、ルーギンである。たしなめるように皇女を睨んでから、ディラン殿、と言葉をつづけた。

「姫様の名誉のために剣をとるべきは、わたしであることをご理解いただきたい。姫様がどう仰せになろうと、まず、わたしを倒してからですし、もちろん、容易にそれができると思われるのも困りますね。返り討ちにされるご覚悟を、お願いしますよ」

さらっと剣呑《けんのん》なことをいって、ルーギンは立ち上がった。そして、黙ってここまでの経緯を見守っていた教官に声をかけた。

「教官、こいつらに試合をさせても、かまいませんか？」

「いいぞ」

あっさりだ。もっとも、ここで違う組み合わせを申し渡されても場がおさまらないし、後刻、教官に隠れての私闘という流れになるのは、目に見えている。ディランがキーナンを呼び出さないはずがないし、万が一呼び出されなかったとしたら、キーナンから仕掛けに行ってもいい。

それくらい、キーナンは怒っていた。

「かたじけない。……さて、先輩として申し渡しておこう。君らが戦うのは、名誉や賭けのためではない。ここが学舎で、君らが学生で、教官が決めた試合だからだ。どちらが勝っても遺恨を残すな」

「大度《たいど》を見せよ」

皇女が、言葉を添えた。視線が合うと、にこりと笑う。その笑顔は、やはりひたすら明るくて、このひとはこういうひとなんだ、とキーナンは納得した。こういう、がどういうものなのかはわからないが、とにかくこうだ。

――大度かぁ。

試合場となっている訓練場の中央に向かいながら、キーナンはぼんやり考える。

――大度って度量が大きいことだろう。無理じゃないかなぁ。大きくないし。

度量が大きければ、あそこで怒っていない。内なる妹がどれだけ足を踏ん張ろうと、上目遣いに力を入れようと、きちんと宥めることができるはずだ。

――ていうか、内なる妹って。

やはり、大度とは無縁な気がする。だって、キーナンの中には妹がいて、たぶん、立場の弱い者があなどられると、怒るのだ。

妹がいて、よかった。

こういうことで怒れる自分で、よかった。

「穢れは、ないようです」

ファルバーンが、試合用の木剣を手に、かたわらに控えていた。

毒の心配など、きれいさっぱり念頭から消え去っていたキーナンは、ちょっと笑った。やっぱり、自分は甘ちゃんの若造だ。それはもう、どうしようもない。いずれ老獪《ろうかい》な大貴族になる日が来るにしても、今じゃない。

若造なりのけじめをつけてやる。

「わかった」

「ご武運を」

木剣を握って、キーナンはディランと相対した。

たいがいの学生が相手なら、勝つ自信がある。だが、ディランは数少ない例外のひとりだ。キーナンほど本気で鍛えているとは思わないが、基礎はしっかりしているし、なにより背が高い。腕も、脚も、ずっと長いのだ。それはすなわち、剣尖《けんせん》がより容易に、遠くへ届く、ということだ。

これが学舎の試合でなければ、砂をかけて目潰しを、と考えるところだが、さすがに初手からそういう奇襲はできない。

——場があたたまってからなら、ともかく。

怪《け》しからぬことを考えつつ、まずは一礼。剣を握り直し、構える。

「はじめ！」

教官の号令と同時に、キーナンは動いた。ディランは絶対に様子見をすると踏んだのだ。体格で負けるなら、動きで勝つしかない。

ディランが動けないよう、先手を打つ。攻撃を受けさせるのだ。受ければ、ディランは腕を曲げることになる。そこに、ディランにとっては窮屈で、キーナンにはちょうどよい間合いが生じる。

――行け！

地を蹴り、体重を前に乗せる。

間合いに入れたとしても、負けてしまうかもしれない。でも、ディランより度胸があると、示すことはできる。ひょっとしたら、勝つことも。そのための一歩だ。

――怒りを、解きはなて。

ぐんと伸びた剣先に、ディランは後ずさろうとするが、そうはさせじとキーナンは迫る。

ディランの眼に、自分の顔が映っているのが見えた。

――ほら、こんなに近づいた。

なにもかもが、おそろしくよく見える。ディランの産毛の一本までだって見えそうだし、近くに限った話ではない。遠くもだ。観覧席に並ぶ顔また顔、教官の動じない立ち姿、皇女の明るい表情、学舎の建物の石積みのひとつずつ、空をちぎれ飛ぶ雲も、そこを優雅に渡っていく鳥の姿までも。

今なら、世界を自分のものだといえそうだった。

見え過ぎる世界をへし折る勢いで、キーナンは剣をふるった。

一気に決める。間合いをとり直される前に、圧倒するのだ。

ディランは防戦にまわることになった。窮屈な姿勢で、一合《ごう》、二合。せっかくの手足の長さも生かせないまま、半端に後ずさって、三合め。

それまで剣把《けんぱ》を握りしめていた両手の内、左手を、キーナンは自由にした。そのぶん、剣がさらに伸びる。力は減じるが、どうせ試合だ。当たり判定さえ、とれればよい。

空いた手の勢いまで使って思いきり、ふり抜いた。

「そこまで！」

勝負はついていた。

脇腹を押さえて膝をついたディランを見下ろし、キーナンは思った——身長に恵まれていないこともあり、上から目線の訓練はしたことがなかったが、なかなか楽しいじゃないか、と。

5

「若様は、実は強いし、実は頑固だし、実は根に持つよな」

「それ『実は』つける必要ある？」

「あるある。ぱっと見たところ、とくに強そうじゃないし、にこにこなんでも譲ってくれそうだし、根に持ったりしなさそうだけど、すべて詐称だから」

「詐称って……称してないぞ？　それに、さっきから根に持つっていうけど、そんなことないよ」

「持つね。だって、ディランを地に這《は》わせておいて、決め台詞が『ただでは済みませんでしたね』だっただろ。聞こえてたぞ。しっかり」

これだから、と顔をしかめて見せながら、ティルケンの視線は、まだ帳面の文字を追いつづけている。よほど気に入ったらしい。

「そりゃ、いったけど……それはだって……最初に、ただで済むと思わないようにっていわれたのが印象的だったから。こっちとしては、どうなるんだよってびくびくしてたんだよ。ずっと「びくびくしてるやつの台詞かよ」

たったの三合で勝ちをおさめた場面で、びくびくした態度を継続する方が、おかしいのではないか。

「実は強い、って評価は積極的に受け入れていきたいと思うよ」

キーナンの答えに、ティルケンは笑った。

「そこか！　しかしなぁ……あの呪わしい鎧の描写が、君の文章にしては気合が入っているというか……」

ティルケンは、ページを戻して読み返している。どうやら、呪わしい鎧というのは、猫鎧のことらしい。

「そりゃ、あれには、そうさせるだけの力があるよね」

「失礼だな」

「失礼どころか、敬意を払ってるよ」

「いや失礼だ。そもそも、うちの親が鎧の準備にあそこまで全力を尽くしてしまったのは、君のせいだぞ」

キーナンは眼をしばたたいた。まったく身に覚えがない。

「なんで？」

「……君のというか、正確には尚書卿のせいなのだが」

「はい？」

「うちの親に、お洒落《しゃれ》勝負を挑んでくださったことがあった、という」

意味がわからない。お洒落勝負という言葉自体も意味不明だが、そもそも、ヤエトがそれに応じる情景がまったく想像できないのだ。

「かなり遠慮のないことをいうけど、勘違いなんじゃゃ？　尚書卿は、あまりお洒落には……」

「ああ、そうだろう。そうだろうとも！　尚書卿はご存じないだろう。おそらく、うちの親が勝手に盛り上がったんだ。新しいお召し物が、うちの親が懇意にしている店で仕立てたものだ、と大騒ぎしていたことがあってな。布地といい縫製といい、それは見事な出来栄え。これは一目置かざるを得ない、とかなんとか。詳しいことは忘れたが、まぁ、以来勝手に尊敬すべき競争相手という意識らしいんだよ。で、同室になったのが、《黒狼公》だろ……」

ますます発奮した結果が、あれだ、とティルケンは話を結んだ。

少し考えてから、キーナンは尋ねた。

「わたしのせい？」

「同室になったせいじゃないいか」

「そうだよ！　だから余計に腹が立つんだろ！　でも、若様がなにも知らなかろうが悪くなかろうが、猫鎧は厳然とそこにあるわけだよ。結局、練習用の鎧は教官に注文をお願いしたんだぞ！　それを親にうまく伝えるところまでお願いして……そうしないと、どうせまた猫とかつくから！」

「……うんまぁ、わかった。悪かった。ごめん」

「不可抗力だろ！」

「腹立つ」

「どうしろっていうんだ」

「どうもするな。ただ黙って、そっかー、とかいっとけ」

ここで素直に、そっかー、と合わせたら、たぶんティルケンはまた怒るのだろうと思ったから、キーナンはなにもいわなかった。

しかしそうか……そんな因縁があったとは。キーナンは知らなかったし、ヤエトが気づいているかもあやしい。少なくとも、勝負を受けて立っているとは思えない。

ティルケンは、気もちを切り替えることにしたらしい。大きく息を吐いてから、それで、と尋ねた。

「こんな最近の話題まで書き送り済みなら、この上、なにを書くんだ？　気候の話でも書くのか」

「ああ、うん。まぁ、うん」

「しかし、尚書卿は最近、ろくに返事もくださらないようじゃないか。こまめに書く必要ないだろう」

容赦なく指摘して、ティルケンはキーナンを見た。しかたなく見返して、もう一回、うん、とキーナンは曖昧な返事をした。

ティルケンは眉根を寄せた。そして、やたらと深刻な表情で尋ねた。

「なにを書き送りたいんだ、尚書卿に」

「え？」

「日常の報告というのは、枠組みに過ぎない。それを通して、君にはなにか伝えたいことがあるんだろう。それは、なんなんだ？」

考えるほどもなく、キーナンの口から、勝手に言葉がこぼれ出た。

「……元気ですか？」

「元気ですか？ってなんだその、手紙の書き出しの挨拶みたいな……」

でも、それがキーナンが伝えたいことなのだ。

「お元気ですか？　わたしは元気です。このように元気に過ごしています……これは、生母から教わった、社交の秘訣《ひけつ》なんだけど」

「社交の秘訣？　元気ですか、が？」

「知りたいのに教えてもらえないことがあったら、まず、自分の話をするんだって。そしたら、相手は一方的にこちらの情報を抱えるだけになって、天秤《てんびん》が不自然に傾くから、なにか話さなければって心境になって、いろいろ教えてくれるんだってさ」

「そういうものなのか」

ティルケンの社交力は低い。これがぴんと来ないのだから、相当だ。

「まぁ、だから、……そういう感じだよ」

「さっぱりわからんが、挨拶したいだけなら、どんどん挨拶を書けばいいさ」

キーナンは笑った。

「そうだね。難しく考えず、挨拶を書いてみるよ」

今のヤエトからは、挨拶を引き出すことも難しいだろう。

ずっと寝付いてしまい、ようやく意識が戻ったと思ったら、どれだけ強固な義務感があったのか、報告書だけさらさらと書き上げて、あとはもう誰の言葉にもろくに反応しない状態だ、と。そう教えられているから、返事はあまり期待していない。

ヤエトに手紙が届けば、キーナンのものに限らず、ジェイサルドやスーリヤが読み上げてくれるそうだが——そのせいで、手紙の内容に慎重になっている面も、なくはない——果たして、ヤエトの心に届いているのだろうか。

「あとでな。下書きの帳面は今、俺が読んでるから」

「返せよ」

「読んでから返すよ。ほら、ちょっと散歩でもして、気分転換して来るといい。名文が浮かぶかもしれないぞ！」

どこからどう見ても、ティルケンの都合で帳面を返したくないだけだ。

しかし、そこで、散歩も悪くないかなと思えてしまうのが自分だな、とキーナンは思う。たぶん、美点であり欠点でもある。これが個性というやつだ。

「そうだな。ちょっと散歩して来よう」

「……そういうところが不気味だよね、若様は」

自分で勧めておいて、ずいぶんな反応だ。しかし、キーナンは上着を肩にかけ、ちょっと行ってくる、と部屋を出た。

今日はもう、とくにやることはない。暇だ。だから手紙を書きはじめたのだ。その手紙を書くのに詰まったのだから、気分転換に散歩をするのも当然だろう。厨房に寄って、なにか軽食を用意してくれないか訊いてみるのも一案だ。腹が減ったわけではないが、どうも口さみしい。

ゆっくり歩きながら、頭の中で手紙の文章を組み立ててみる。

お元気ですか。わたしは元気です。友人もできました。

義父上は、どうお考えでいらっしゃいますか。わたしは、《黒狼公》の名にふさわしいふるまいが、できているでしょうか。

お志を継ぐことが、できているでしょうか。

中庭を突っ切る渡り廊下に足を踏み入れかけて、キーナンは、はっとした。

「何処《いずこ》より、帰り来たるや」

ユーラの声だ。

「何処へ行きたもうや」

左手側にある四阿に、ユーラがいた。そして、ヘルムデル。

踵《きびす》を返そうか、それとも、なんて迷ったのが間違いだ。もう、視線が合った。

「キーナン」

反射的に逃げ出さなかった自分を褒めたい。

「なんでしょう、ヘルムデル先生」

「時間はあるかね？」

「はい」

「こちらに来たまえ」

――なにか、やらかしたっけ？

規律違反をした覚えはない。そのはずだ。二日ほど前に、カストラウが書き取りが間に合わないと泣きついてきたのを、ティルケンと手分けして少しだけ、ほんの少しだけ手伝ったのがばれたのだとしたら……カストラウの文字の癖をティルケンが分析して、ここをこうすれば似る、あとは疲れている風を装って、少し線をよろけさせろと指示されて頑張ったのだが、頑張りがたりなかったのか……いやその前に、たしかカストラウが本をなくしたといって大騒ぎになって……ちょっと待て、全部カストラウじゃないか――。

四阿は近過ぎた。すぐに着いてしまう。

「なにか、ご用でしょうか」

まさか、厨房から焼き菓子をこっそり失敬した一件がばれたのか。あれもカストラウだ！

カストラウとの友情をどこまで重んじるべきかについて考えていると。

「礼をいおうと、思ってな」

「……は？」

あまりにも意外な言葉に、キーナンは反応ができない。

——礼？　なんの？　いや、なんで!?

なんらかの念入りな叱責《しっせき》を覚悟していたせいで、余計に受け入れ困難だ。

ヘルムデルは、話をつづける。

「先日の、剣術の試合の件だが」

——なにか規律違反したっけ？

高速で、キーナンは記憶を反芻《はんすう》した。ヘルムデルを前にした生徒なら、当然の反応だ。礼をいうために呼ばれたなどという前提は、もはや念頭にない。

「非常に、感動的だった」

ふたたび、キーナンはかたまった。

——なにが感動的だって？

先日の剣術の試合……。剣術。

──そういえば、先生もいたな！

あの、なにもかも見えていたとき。観覧席には、ヘルムデルの姿もあった。珍しいなと、頭の片隅でちらりと考えた記憶まである。

自分はたしかに頑張ったが、あったのは勢いだけで、はっきりいって技術もなにも稚拙だと思うのだが、たまにしか試合を見ないヘルムデルなら、小柄なキーナンが長身のディランを一瞬で圧倒したこと自体、感動的……なのかな、とキーナンは無理やり自分を納得させた。

「ご覧になっていたんですね」

「わたしも考えをあらためるべきだと思った」

──なんの考え⁉

今度こそ、ヘルムデルの思考についていけない。どうすればいいんだと頭を抱えたい気分のキーナンの耳に、やわらかい声が響いた。

「若様、ありがとうございました」

「えっ？　はい？」

ユーラだった。ヘルムデルとは小卓を挟んで座っていたが、キーナンが来てからは、立っている。

卓上には本が並んでいた。キーナンが贈った辞書もある。

「学びの道は、万人にひらかれているべきだというお言葉です」

「……ああ」

やっと意味がわかった。

そういえばあのとき、そういうことも口走っていた。

――だってそれは、先代に託された、たいせつなことだから。

べつに、ユーラのためではない。ヘルムデルを感動させるためのものでもなかった。でも、一連の発言は、かれらの感情を揺さぶったようだった。

ヘルムデルが、ゆっくりとつぶやく。

「長いあいだ……わたしは、蒙《もう》にとらわれていた。学問は男のもの、貴族のものだと、なぜか信じていた。それを啓《ひら》くきっかけを与えてくれた女性がいたにもかかわらず、わたしは無視した」

「女性？」

「そうだ。非常に聡明《そうめい》な女性だった。西の帝国で……わたしの研究の弱点を、まともに指摘できたのは、彼女だけだった」

――ひょっとして、ルーギン殿が話していたひとかな。

あの、ヘルムデルが帽子を脱いだという。

「彼女の正しさを認めただけで、自分は寛大だと思ったものだ。今だって、さほど変わってはいない。ユーラの学びを後押ししてやる程度のことすら、まともにできていなかった。君が辞書を贈ったと聞いたときに、わたしは思った。なぜ、君にそれをさせたのか。なぜ、辞書を贈ったのがわたしではなかったのか、と。理由は簡単だ、わたしがユーラの学びを、ほんとうは認めていなかったからだ。貴族の若者にこそふさわしいと、考えていたからだ」

どう返事をすればいいのか、わからない。

——そうか、あのときの微妙な表情は、そういう意味だったのか……。

ヘルムデルは、言葉をつづける。

「しかし、かれらのほとんどは、やる気がない。興味がない。このままでは、古い言葉は忘れ去られて滅びるだろう」

だったら、やる気と興味を引き出すような教えかたをしてはどうだろう、とキーナンは思うのだが、さすがに言葉にはできなかった。

「先生が、教えてくださるではないですか」

「それしかできぬからな。否でも応でも、ある程度は叩き込む。そうすることで、共通の教養を持つ若造どもを宮廷に送り出す。それが、わたしにできることだ。だが、ユーラは別だ。もっと、してやれることがある」

「先生が、授業をしてくださるのです」

ユーラの声は、喜びに満ちていた。表情も、明るい。

「授業を？」

「はい」

なるほど、さっきユーラが詩句を唱えていたのはそういうことか。

納得するキーナンに、ヘルムデルがおごそかな口調で告げた。

「ユーラは君より優秀だ」

感謝する相手にいうことか？　と首を捻りつつ、それでもまぁ、とキーナンは微笑んだ。

「学問への情熱が、正当に認められるのは、喜ばしいことだと心得ます」

「恵まれぬ境遇にあって、学びへの意欲を捨てず、地道に努力したことは、尊敬に値する」

——え。

流れるような、動作だった。気がつけば、ヘルムデルの帽子は卓上に置かれていた。ぴんと尖った形が滑稽な、でもそれをかぶっているのがヘルムデルだったから誰も笑えない、権威と伝統の象徴のような帽子が、そこに鎮座していた。

「わたしは、君たちの熱意と良心、善意を認めよう」

ぽかんとしているユーラは、教授が帽子を脱ぐことの意味を知っているのだろうか。

真面目な顔で、ヘルムデルは言葉をつづけた。

「我が知識と最善の智慧《ちえ》を、捧げる。いつでも助言を乞《こ》うがいい。ただし——」

ヘルムデルは、帽子を手にとった。なにごともなかったかのように、それは彼の頭上に戻っていた。

「——書き取りの手伝いは感心しないな、キーナン」

——やっぱり叱《しか》られるー！

弁明するより黙って認めるべきか、いやこれ自体がひっかけかもしれない、へたに発言したら罠《わな》に落ちるやつ……と、身をすくめた、まさにそのとき。

「若様！」

ファルバーンが急ぎ足でやって来た。なんたる幸運。

「呼ばれているようです。わたしはこれで――」

「尚書卿が！」

――えっ？

鼓動が、跳ね上がる。

もう四阿の前に辿り着いたファルバーンは、さっと一礼した。ヘルムデルに断りを入れるのももどかしく、キーナンはつづきをうながした。

「先代が、どうなさった」

「お気がつかれました。皇女殿下よりご連絡があり、鳥を差し向けてくださるそうです」

さっきから、皆が突拍子もないことばかり口にする。全然、理解できない。

――お気がつかれたって、なんだ。

わかっているのに、わからない。

キーナンよりヘルムデルの方が、反応が早かった。

「外泊許可を出そう」

ゆっくり、ヘルムデルはキーナンを見て、微笑んだ。

——えっ……笑っ……。

もう、なにもかも受け入れ基準を凌駕《りょうが》している。なにも考えないことにして、キーナンは頭を下げた。

「……ありがとうございます」

「支度をして、出かけなさい。飛んで行くのだろう、若者たちよ。あとのことは、年寄りにまかせたまえ」

身を起こすと、キーナンは踵を返した。部屋に戻ってティルケンに留守を告げ、荷物をまとめねばならない。キーナンも、彼に従うファルバーンも、廊下の角を曲がってヘルムデルの目が届かなくなった時点で駆け足だ。

「すぐに飛べるのか？」

「はい。邸の方で待っているとのことです。アルサールが来ています」

「アルサール？　皇女殿下はどうなさるのだろう」

「すでに、向こうにいらっしゃるそうです」

キーナンは笑ってしまった。

「殿下はさすがだな」

——ご本復、おめでとうございます。

もう手紙を書く必要はない。それでも、キーナンは頭の中で文章を組み立てようとしていた。

——ところで、ちょっと人に自慢できるものを見てしまいました。ヘルムデル先生が、帽子を脱いでくださったのです。わたしと、そして——。

きっとそれは、ヤエトが継いでくれといった言葉が、志が、招いたことだ。

——学舎で下働きをしている、南方人の女性のために。

それからのこと

本の中には世界が入っている——と、彼は語った。

ヤエトは機嫌が悪かった。

たしかに、この部屋は来客を迎えるためのものではある。だが、この人数は想定外だ。椅子がたりないどころか、人を入れるために外に出す始末。息苦しいのも当然だろう。頭まで痛くなってきた。

「なんでこんなに人が集まっているのですか？」

「そなたの顔を見に来たらしいぞ」

答えたのは皇女だ。まるで他人事のようにいうが、あなたも集まった人に数えられているのですよ、と指摘したい。ここはヤエトの隠居所であって、皇女の別荘ではないのだ。

「わたしは姫のお供ですよ」

ルーギンもだ。なんでここにいる。全員、なんでここにいる。

「姫様のご命令で。尚書卿の専任厩務《きゅうむ》員として、またこちらに置いていただくことになります」

アルサールのおかげで、責任の所在がはっきりした。皇女だ。

「俺は北嶺代表で！」

世界を相手に叫んでいるような大声は、セルクだ。そこに代官が割って入る。

「ご隠居様には、是非とも早急にご確認いただきたい案件が」

視線を巡らせると、ここまで発言を遠慮していたらしいキーナンが、ぱっと姿勢を正して叫んだ。

「父上が本復なされたと聞き及び、急ぎ馳《は》せ参じました！」

「若様のお供です」

背後に控えていたのは、ファルバーン。そして——。

「使節を送るより来た方が速かったのでな。今後、その必要がなくなるよう、伝達官を置いて行く」

この部屋にある一脚きりの椅子に当然のように腰を下ろしていた第二皇子が、一方的に宣言し、伝達官が爽やかに締めくくった。

「そういうわけですので、またよろしくお願いいたします」

ここで、ヤエトはだいたい納得した。誰ひとり、彼の都合など斟酌《しんしゃく》していない。全員、自分が来たいから来ている。それだけだ。

壁際では、スーリヤが困った顔をしている。あの調子だと、全員をもてなす準備をはじめそうだが、それは不要だと教えてやりたい。

扉の横に控えていたジェイサルドが、声をあげた。

「ひとまとめにして叩き出してもよろしゅうございますかな？」

「わたしが許す。全員放り出すがよい」

なぜか自信満々に皇女が宣言し、すかさずルーギンに諭された。

「それでは姫も一緒に放り出されてしまいますよ」

さすが、ルーギンはわかっている。

つまみ出すなら元凶の皇女から——とはいえ、もはや皇女をつまみ出しても、なにも解決しない。

ヤエトはため息をついた。世界は病み上がりにやさしくない。もっと親切にしてほしい。

「この状況では、お話をまともに伺うこともできません。おひとりずつ、時間をとります——」

「では、わたしから」

第二皇子がさらりとかぶせてくると、全員が口をつぐんだ。あのセルクでさえもだ。

「……そうですね、ではまず殿下と伝達官殿から」

ヤエトがうなずくのを見もせずに、第二皇子が采配をふるう。

「博沙の件も話しておかねばならぬな……キーナン殿、ファルバーンを少し借りる。で、我々の次は、御継嗣《けいし》を。あとはジェイサルドに差配をさせればよかろう」

必要最小限かつ隙がない。よくわかった。身に染みてわかった。ヤエトには選択権もなにもない。

一切、ないのだ。諦めた。

「……ジェイサルド、よろしくたのむ。ああ、皇女殿下は最後に」

えっ、という顔で皇女はこちらを見たが、はじめからいるのに、あらためてお話を伺いますもなにもないだろう。そもそも、皇女が野放図にあちこちに報《しら》せを送った結果がこれなのだ。

「たしかに、承りました」

ジェイサルドは恭しく胸に手をあてると、するどい眼光で一同を睨んだ。すると、第二皇子と伝達官、そして名指しされたファルバーンを除いた全員は、おとなしく部屋を出て行った。

部屋が静かになったところで、第二皇子が切り出した。

「これでまともに話ができる。とはいえ、わたしは顔を見に来ただけだ。ほかの者もそうだろう」

「わたしの顔など、面白くもなんともないと思いますが」

第二皇子は、わずかに眉を上げた。

「尚書卿の無事を確認したいのだ。顔面の造形を鑑賞するわけではない。で、博沙と貴領の境界線近辺で発生中の、沙漠の遺民関連の面倒ごとについては、伝達官によく言い含めてある。書面にはしていない。後刻、時間をとってよく話を聞いてほしい」

相変わらず高効率を突き詰めたような話しぶりで、無駄がない。顔を見に来ただけという前言は、完全になかったことになっている。伝達官が、あるじの硬質な言葉を爽やかな笑顔でやわらげた。

「よろしくお願いします」

お願いされたくない。回避策を求め、ヤエトは口を開いた。

「皇女殿下が宮廷に戻られた今、副官であるわたしは、ただの隠居に過ぎません。貴重な伝達官をお預かりするのは、いかがなものかと」

「わたしの判断に異論を呈するのもよいが、自己評価を見直す方が賢明ではないか？　その、ただの隠居が本復したという一報を受けて、これだけ人が集まるという事実を踏まえてな」

――職務を休む口実なのでは？

第二皇子に限っては、それはないだろうが、ほかの者はどうか。たとえば代官だ。職務を休みつつ、仕事を押しつけに来る……なんという悪辣《あくらつ》な部下なのだ。念入りに叩き出すべきだ。

ヤエトが勝手に憤慨しているあいだに、第二皇子の話はつづく。

「さて、穢《けが》れた心臓の件だ。調査もせずに捨て置くわけにもいかぬ。ファルバーンには、大いに働いてもらった。《黒狼公《こくろうこう》》の臣下を勝手に使いだてする形になったことは、許せ。調査には我が伝達官も同道したゆえ、詳しいところは伝達官に質すがよい。無論、ファルバーンでも」

「あ、いえ、ファルバーンはもともとわたしの部下というわけでは――」

「そなたのために女装までして芝居をうったというではないか。身を捨てて仕える者に、冷たいな」

なんでそんな話まで知っているのか。ヤエトなど、すっかり忘れていた。このまま忘れたい。

「いや、そもそも身を捨ててての奉仕などしてほしくない……と申しますか……」

ヤエトの声がだんだん小さくなったのは、第二皇子の目つきが酷かったからだ。なんというか……酷い、としか表現のしようがない。

「誰に仕えるかを選ぶのは、仕える側の権利だ。諦めろ」

「仕えられる側は、選べないのでしょうか？」

「無論、選べる。仕える側には仕える側の、仕えられる側には仕えられる側の権利がある。どちらかが一方的に優位であると考えるのが過ちであり、傲慢だという話だ」

「なるほど……」

「とにかく、水の穢れは完全になくなった。子飼いの呪師にも調査させたが、アルハン、博沙《はくさ》、都で採取した水のどれも、人体に害を及ぼすような穢れは認められないとの報告を受けている。六の弟からも同じ報告があった。すべて尚書卿のはたらきあってのことと考える」

「いいえ、わたしはなにも」

「結果は出ている。それで十分だし、問題ない。ただ、完全に気を抜くわけにもいかぬゆえ、今後も巡視と水の採取、分析は継続する。なにかあれば、また報せよう」

報せてくれなくても結構です……とはいえないので、ヤエトは寝台に身を起こした姿勢でできる範囲で頭を下げた。

「行き届いたご配慮、恐れ入ります」

「念のため、当地の井戸の水も探るよう、先ほど申しつけたが……どうだ、ファルバーン？」

「穢れはございませんでした」

「というわけだ。都の動静や、皇位継承の問題についても、追々、話し合いの場を設けたい。そなたの体調が戻り次第、調整するゆえ、そのつもりで」

「えっ？」

素で声が出た。今……なにか不穏な言葉を聞いた気がする。聞かなかったことにしたい。

「四大公家も、旗幟を問われる時期が来た、ということだ。ここからがまた、長そうだが」

「それは……その……隠居にも出席義務が？」

「若殿に押しつけるのも寝覚めが悪かろう。ほかの参加者には、わたしからいって聞かせるゆえ、案ずるな。それと、まずは健康を取り戻すことだ」

ヤエトが反論しようとしたとき、部屋の外からセルクの声が聞こえた。

「おう！」

室内になんともいえない沈黙がおり、伝達官がまず、耐えきれずにぷっと吹き出した。

「……失礼いたしました」

「いや、今のはなかなか愉快だった。本来は、なにに対する返事だったのだろうな？」

第二皇子の疑問は、つづいて聞こえたジェイサルドの叱責《しっせき》ですぐに解けた。

「全然駄目ですな。セルク殿の『ふつう』の声は、殿のお身体にさわります。もっと小さく！」

今度は、第二皇子も笑った。珍しいものを見て眼をみはるヤエトの前で、皇子は立ち上がった。

「我が伝達官にも、大声で話さぬよう念を押しておこう。では、また」

扉が開くと、外の喧騒《けんそう》が室内に流れ込む。その中からルーギンの声がとくに響いたのは、知人の名が聞こえたせいか。

「では、ヘルムデル先生はついに頭を曝《さら》すことに？」

「そうなんです」

答えたのはキーナンだ。

──あのヘルムデル先生が!?

聞き間違いではないだろうか。帽子を脱がないことで有名なヘルムデルが、いったいどんな場面で、と耳をそばだてたところで、ジェイサルドがキーナンを呼んだ。

「若様、どうぞお入りください」

キーナンは順番を待つ人々に一礼した。

「では皆様、お先に失礼します」

つづきを聞かせてほしいと思ったが、ふざけた話ができる気がしない。

いきなり養子として四大公家の名を継がされ、先代が倒れて人事不省……自分がキーナンの立場だったらと思うと、ぞっとする。キーナンを前にすると感じる負い目は、長期間倒れてすべてを丸投げにしていた今、視線を合わせるのもはばかられるほどの重みになっている。

とはいえ、受け止める以外、ヤエトに選択肢はない。逃げられないし。体調的に。

「学生の立場で移動もままならぬ身とはいえ、義父上のお顔を拝見しにも来なかったこと、まずはお詫びを申し上げます」

見て楽しい顔でもないだろうと返しかけて、それはさっき否定されたことを思いだす。

「勉学を優先してくれた方が、わたしは嬉しいです」

「はい。義父上でしたらそうお考えと存じ、学舎では力を尽くして頑張っております」

「手紙でも、それは伝わっています」

キーナンは、はっとしたような顔になった。

「お読みいただけたのですか」

ヤエトはにっこり笑って返事を濁した。

ようやく「生きているっぽい反応」——とは、皇女の表現だ——ができるようになってから、届いている書状にはいくらか目を通した。キーナンからの文《ふみ》も読んだが、読みきれていない。義理の息子は、ヤエトが想像もしなかったほど筆まめだ。

「友人ができたようですね」

無難そうな話題を選ぶと、はい、とキーナンが食いついてきた。眼がきらきらしている。

——ああ、ほんとうに。

手紙は粉飾ではなく、純粋に友と呼べる存在ができたのだなぁと思うと、ちょっと胸に来た。

「喜ばしいことです」

「義父上にお喜びいただけて、嬉しいです。また、……お言葉をいただけて」

キーナンも、なにかこみ上げるものがあったらしい。

彼が背負っているに違いない重圧を想うと、ヤエトの罪悪感も倍率が上がる。

「……心配をかけましたね」

「いえ、信じておりましたから。皆、信じておりました、父上がこの世に戻って来てくださると」

「この世」

思わず、そのまま返してしまった。この世？

「ファルバーンも、義父上は何度も死線をくぐり抜けて来られたかただと元気づけてくれました」

その表現で想像される死線と、ヤエトが恒常的にくぐり抜けている死線とは、趣が違う。

ファルバーンはといえば、謎めいた微笑を浮かべてヤエトを見ている。先ほど、第二皇子がいたときから変わらないのだが、ほんとうに、この青年がなにを考えているのかわからない。

「……キーナンによく仕えてくれているようで、なによりです」

「微力ながら、若様をお支えできればと思っております」

「ファルバーンもいてくれるので、わたしのことは、どうかご心配なく。義父上は、どうかご健康を取り戻されることを第一に、お考えください」

「よくわかった、声は低めだな！」

外でセルクがまた大声を出しているのが聞こえて、全員がなまあたたかい微笑を浮かべた。

「あまり長居もできませんね。また、参ります。手紙も書きますね！」

「楽しみにしていますよ」

早急に、残りをぜんぶ読まないと、と思いながらヤエトはキーナンたちを見送った。

キーナンと入れ替わりに入って来たのは、セルクである。背後では、ジェイサルドが代官を懲らしめていた。書類を持っているあいだは絶対に入れないというのだ。いいぞ、もっとやれ。

その横には、皇女の姿が垣間見えた。ちらりと扉に視線をやってから、意地でも気にしないぞという風に背中を向けて——顔は見えなくなったが、どんな表情かは見当がつく。

扉が外の音と景色を閉め出すと、あとには、なぜか緊張の面持ちで立っているセルクが残された。

「北嶺の方は、皆、息災ですか？」

「あっ……はい！　じゃない、はい、はい」

やたらと小声でいい直すので、笑いの衝動がこみあげてくる。ジェイサルドに、どれだけ絞られたのか。そして、絞られてなお、はじめは大声か。さすがセルクだ。

——命の恩人ではあるのだが。

セルクの矢が、ヤエトを救った。それは同時に、グランダクを殺した矢でもある——手短に話すのに向いた話題ではなさそうだ。もっと穏便な話題を探さねば。

「えっ」

「鳥たちの話……も聞きたいですが、やめておきましょう」

「話が長くなります。ジェイサルドに半殺しにされたくなければ、簡単に済む話題がいいですね」

「あの、簡単かはわかりませんが……ルシルは、元気です！」

勢いよくセルクが叫んだのを待っていたかのように、扉が開いた。

「セルク殿は、もうお帰りになる頃合いですな。うむ、暗くなっては鳥が満足に飛べぬでしょう」

怖い顔で覗いたのはジェイサルドだ。しかし、セルクはめげない。ヤエトの手を握り、宣言した。

「順番に、連れて来ます！」

「はい？」

「鳥たち。皆、会いたがってるんです！　必ず、連れて来ますから！」

いうだけいって満足したらしく、セルクは勢いよく退場した。その後を、ジェイサルドが追う。代官を引きずっているから、セルクの鳥に乗せてしまおうと目論んでいるのだろう。なぜか、アルサールも後を追っていく。鳥が心配なのに違いない。代官はちょっと重いから。

と、ルーギンが閉じかけた扉を押さえた。

「姫、お早く。今なら強面《こわもて》の見張り番が留守ですよ」

「留守だから、なんだと――」

空いている方の手で皇女の背中を押して部屋の中に突っ込むと、ルーギンは華麗な笑顔を見せた。

「わたしが時間を稼ぎます。あまり長くはもたせられないでしょうが、せいぜい恩に着てくださいね」

扉が閉まる。

暫《しば》し、皇女は無言だった。ヤエトもだ。

今さら、なにを喋ることがある。ヤエトが「生きているっぽい」状態になってからずっと、皇女はここにいるのだし……と思っていると、ぽつりと皇女の口から言葉がこぼれ落ちた。

「また、学びたいな」

「歴史でございますか？」

冗談のつもりで返すと、思いがけないほど真剣な様子で首肯された。

「そなた、申したであろう。本の中には、世界が入っていると」

「そんなことを、申しましたか」

「申した。だからな、わたしはまず、学ぼうと思う。世界がどれほどのものか――」

ヤエトは、自分の表情が緩むのを感じた。どうしていつも、こうなのだろう。

――このかたは、世界をひろげてしまう。

かたまった思考を、縮んだ視野を許さない。力づくで、ひらけた空へと引き上げる。

「広うございますよ」

「そこはそれ、想像の翼とやらで飛べばよい。そなたが力を貸してくれる……であろうな？」

少し不安げになった語尾を、ヤエトはしっかりと引き取った。

「御意に存じます」


本の中には世界が入っていて。それでいて、本の外にも世界は広がっているのだ。

ずっと、ずっと――。

それからのこと

あとがき

お待たせしました。ようやく、二冊目の番外編をお届けすることができます。
実はこの間に、乳がんを患いました。一通りの治療を済ませ、そこそこ健康に生きております（詳しくは体験談としてネットに公開しておりますので、ツイッターあたりから辿ってください）。

表題作は、亡国の王子ファルバーンの物語です。彼の心がどう落ち着くのかについて、本編中ではふれることができなかったため、書くことができてよかったです。物語を読むとは「作者が伝えたかったこと」ではなく「読者が読みたいこと」を探求する行為である、というのがわたしの考えで、これはそういう物語でもあります。当然のことながら、どうお読みになるかは読み手の皆様次第。自由に読みといていただければ、と思います。

つづく「ヘルムデル先生の帽子」は、ヤエトの養子キーナンを主役にした学園もの。「突然、大貴族の後継者に選ばれましたが、人間関係で苦労しています」という感じの話です。この期に及んで新キャラこんなに出してどうするの⁉　とは思ったのですが、書きたかったので書きました。ネットで準備体操をした（キャラ別短編を書いた）り……楽しく迷走しつつ。

最後の「それからのこと」は、タイトルそのまんまです。それからどうなったのかを、少しだけお見せする内容となっております。短いですが、ヤエトのぼやき節を、ご堪能ください。

こうしてまた本が出せたのも、主治医をはじめ、治療を支えてくれた医療スタッフはもちろん、家族、友人知己、仕事として本書の出版にかかわったすべての人、そして粘り強く待っていてくださった読者の皆様のおかげです。

どうか、ページの向こうにひろがる本の世界への旅を、ぞんぶんに楽しまれますように。

二〇二〇年四月　妹尾《せのお》ゆふ子《こ》

妹尾ゆふ子（せのおゆふこ）

三月九日生まれ。神奈川県在住。

漫画家のめるへんめーかーを姉に持ち、アシスタントをつとめる。

白泉社「花丸」にて、小説家デビュー。

「真世の王」（エニックス）、「ロマンシング　サガ―ミンストレルソング―　皇帝の華」（スクウェア・エニックス）、「パレドゥレーヌ　薔薇の守護」（コナミデジタルエンタテインメント）、「鋼鉄三国志　呉書異説」（コナミデジタルエンタテインメント）、「翼の帰る処」シリーズ（幻冬舎コミックス）他

【初出】
「ことば使いと笑わない小鬼」――――――書き下ろし
「ヘルムデル先生の帽子」――――――書き下ろし
「それからのこと」――――――書き下ろし

翼の帰る処 番外編2
—ことば使いと笑わない小鬼—

2020年4月30日 第1刷発行

著者……………………妹尾《せのお》ゆふ子《こ》

発行人…………………石原正康

発行元…………………株式会社　幻冬舎コミックス
〒151-0051
東京都渋谷区千駄ヶ谷4-9-7
電話 03-5411-6431（編集）

発売元…………………株式会社　幻冬舎
〒151-0051
東京都渋谷区千駄ヶ谷4-9-7
電話 03-5411-6222（営業）
振替 00120-8-767643

印刷・製本所 ………株式会社　光邦

検印廃止

ISBN978-4-344-84648-7 C0093
Printed in Japan